U0038412

滄海叢刊

# 清眞詞研究

王支洪 著

1983

東大圖書公司印行

行政院新聞局登記證局版臺業字第〇一九七號

中華民國六十七年九月初版
中華民國七十二年十月再版

清真詞研究

基本定價壹元捌角玖分



著作者　王支洪
發行人　莊剛彰
出版者　東大圖書有限公司
總經銷　三民書局股份有限公司
印刷所　東大圖書有限公司
臺北市重慶南路一段六十一號二樓
郵政劃撥一〇七一七五號

# 清真詞研究 目次

第一章 緒論……一
第二章 清眞先生的生平事蹟……五
一 時代背景與家庭環境……五
二 少年得志時期……七
三 浮沉州縣時期……八
四 功成名就時期……一〇
五 畧評……一三
第三章 清眞詞的文學根源……一七
一 清眞的文賦……一八

二　清眞的詩藝……二一
三　清眞詞中所見……二三
第四章　清眞詞的內容分析……二九
一　音樂成份……二九
二　文學成份……三七
第五章　清眞詞的修辭及其特色……四九
一　詞家對清眞辭彩和章法的讚美……四九
二　眞清詞的論據及其特點……五五
第六章　清眞詞的風格及其流派……七七
一　風格……七七
二　流派……八二
第七章　清眞詞的評價及其影響……八九
一　評價……八九
二　影響……九四

第八章　結論……九九
附錄……一〇一
清眞詞集……一〇一
參考書目……一六九

# 第一章 緒論

詞是一種有韻律的美文，由詩蛻變而來，具詩歌之美境，含音聲之韻律，可觀、可讀、可唱。一闋好詞，觀之、讀之、誦之，沁人肺腑，令人低廻不已。

詞，具有它的時代意義和它的文學價值，同時，也具有它的特殊的文學形式和作用。詞是宋朝所盛行的一種合樂的詩體。它有音樂性，也有文學性。歷來研究者都有所偏重，不是拘拘於音律的研探，便是嘵嘵於詞意的識辨。結果，許多的天才不是埋沒在韻律的牢獄中，便是忘記了詞的音樂性，根本錯認了詞的本質。直到近代，才有好些人從詩樂的關係上說明詞體的變化。原始時代是詩樂舞蹈合一的，以後有造樂合詩的，也有造詩合樂的，發生了互相影響的關係，最後是按字塡詞。陳鐘凡、錢歌川等人也以爲新詩的前途與音樂有不可脫離的關係，並以爲歌詞的創作宜注意協律和用韻，因此在詞的聲律中來推究出一些答案。萬紅友詞律，曾於聲律上對這合樂問題下了相當的註解。

詞是我國文學遺產中質量均富的一個部門。有人以爲新詩的產生，是由於詞曲的蛻變，然新詩卻尚未能達到詞曲一樣的地位，因新詩之形式美未能超越詞曲之形式美。目前的新詩人必須在豐富的文學遺產中，學習舊形式，利用舊形式，整理舊形式，吸取舊形式，從而創造新形式。在許多的詞作中，我們最熟悉的是宋朝的詞，因爲那時候的詞作最多，詞體最備，詞家輩出。正如焦循所說：『一代有一代之所勝。』宋朝所勝者爲詞，這是文學界共同承認的事實。但，詞的體例，北宋已備；詞之爲用，南宋益宏。南宋詞家得北宋詞家之啓發者多；故言詞之道者，必先言北宋；學詞之用者，則多從白石夢窗。可見北宋詞影響於南宋詞者甚大。然而北宋詞之集大成者，據陳亦峯說：『詞至美成，乃有大宗。前收蘇秦之終，後開姜張之始，自是詞人以來，不得不推爲巨擘。』（註一）據吳梅說：『詞至美成，乃有大宗。前收蘇秦之終，後開姜史之始。自有詞人以來，爲萬世不祧之宗祖。』（註二）可知周美成對詞的貢獻確是不小。

宋時沈義父對於美成詞最爲推崇。他說：『作詞當以清眞爲主。』（註三）宋人對他已如此尊重，可知在他同一時代中已難於找到勝於他者。而且他又是提擧大晟府的樂官，他的詞當然是最宜於合樂的了。現在我們要創造新詩體，要注意新樂和新詩的關係，要注意作歌詞的方法，就不妨對這一代大詞人周邦彥作一深入的探研。從其作品的研究中，至少我們會更明白所謂詞的正宗，會領悟一些詞與譜的關係，會曉得南宋各家詞作的歷史根源，會了解兩宋詞的變化及其轉捩點。

雖然，推崇清眞詞的，代不乏人；而研究清眞詞的，究竟不多。雖謂注者二人，和者三家，然而其研究結果，實簡而不詳，略而不周。尤可惜者，即美成自製歌譜已不可復得，我們已不能在歌筵舞席上來享受他的音樂之美，只好在字裏行間求其聲律之美而已！所以欲求深一層的研究已屬不易。而後世對於清眞詞的估價又往往過高，致令人不敢問津，徒作偶像式之崇拜。此外，如種種傅會傳說，日漸流轉，亦將淆亂視聽。所以我們亟須作一番整理，揚棄之，分析之，洗鍊之，批判之，使能對他的詞有進一步的正確的認識。

筆者嘗擬從事於清眞詞深廣之研究，惜局於材料，疏於學力，僅能以下列各項作一麤淺之解釋。

㈠從各種傳說中，對其生平作一概括的評述。

㈡從混雜編次中，對其內容作一初步的分類。

㈢從清眞詞的造境中，說明詞的正確意義。

㈣從清眞詞的造型上，指引出詞及其他詩體的發展路向。

㈤從清眞詞的成就上，顯露出清眞詞應得的地位。

註一　見陳亦峯白雨齋詞話

註二　見吳梅詞學通論

註三　見沈義父樂府指迷

# 第二章 清眞先生的生平事蹟

周邦彥的生平，據宋史文苑傳所載，簡要得很；其中脫漏處和訛舛處也不少。自王國維先生的清眞先生遺事一書出版後，我們才能作一比較詳明的敍述。

## 一、時代背景與家庭環境

在民國紀年前八百五十五年，卽公元一〇五七年，亦卽宋仁宗嘉祐二年的時候，錢塘出了一位大詞家，他的名字叫做周邦彥，別字美成，自號清眞居士。仁宗時代，正是國家承平，君臣耽於逸樂的時候。雖然，建築於農村經濟基礎之上的朝政，盛極必衰，由剝而復，造成了歷史上無數的朝代興亡，和社會上循環不已的治亂。但宋朝到了仁宗時代，就好像周朝的成康之治，漢朝的文景之治，和唐朝的貞觀之治一樣，苟安逸豫，造成了政治上的潛伏危機，社會上的侈靡奢華，文學上的粉飾昇平。尤其是宋代，有「文學政治」的稱號，那時文章家、道學家，人材輩出。政府極力羅致文學的人才，社會人士也極尊崇學者。錢塘又是文物之邦，是當時南方第一大都市。柳永也有『參差十萬人家』之句，可見錢塘的緐華。況且，『淡妝濃抹總相宜』的西湖風景，奔騰澎湃的錢塘江潮，正可以陶冶這一大詞人的思情，洗滌這一大詞人的心胸。宜乎邦彥的詞學造詣精深，能成就他在文學上的地位。時代與環境的影響，對這一大詞人實在是很重要的。

邦彥生長於風景非常優美，商業非常繁盛，享用非常富足的故鄉。而其家庭環境，據王國維先生說，他的先世，『自祖父以上，均不可考。』卽他父親的名字，現在也無法知道。我們已無法曉得先生的家學淵源，只據宋史所載，他既是『疎雋少檢，不爲州里推重』的人，還能夠『博覽百家之書』，這在當時，定非平民子弟所能做到的。而且在他的詞中也說：『吾家舊有簪纓』，可見他的家庭至低限度也可以小康自安。據咸淳志及茅山志所載，他有從父名叫邠的，是嘉祐八年的進士，嘗爲廬陵太守，官至朝請大夫。他兄弟行的周邦式，是元豐二年的進士，官至中大夫，也曾提舉南京鴻慶宮。可見先生的家庭也是出於望族。

## 二、少年得志時期

在宋朝，文人的出路差不多都是入仕的。仕進的方式很多，主要的是參加科舉和進讀太學，總之要得到君主的歡心和信任。宋朝的養士政策，爲集中人才，並加以厚遇。元豐二年的時候，增太學生額千人至二千四百人，周邦彥就是那時補上去的，他已是二十四歲了。

汴都的繁華超過錢塘，人物之盛，更非錢塘可比。邦彥處在這種新環境中，接受着許多新鮮的刺激，更免不了勢利心的感染。況且，汴都的建設日臻完備，清汴的水利工程既已完成，景靈宮的建造又已告竣，元豐官制已經頒布，新法又正着着進行。這樣蓬勃的氣象，對於一個文學家的心靈，自不免有所感動，而欲寄情於筆墨。這就是他寫汴都賦的動機。

邦彥的太學生生活過了四年，京師名利場中的誘惑，促他獻上了汴都賦。因此，他便得到神宗的寵眷，特命李淸臣讀賦於邇英殿上，又叫他到政事堂，詢議庶政；並卽擢升他爲太學正。這件事和司馬相如以子虛賦見賞於武帝的故事，後先輝映，同樣的傳爲美談。

以後的五年，邦彥以少年顯達的身份，更加努力地潛修辭章之學。這一段生活，自然是稱心快意的，正如他的詞中所說：『上馬人扶殘醉。』『浮花浪蕊都相識。』『俱曾是大堤客。』『相對坐調笙。』就是他那時心情的省憶和生活的寫照。

## 三、浮沉州縣時期

元祐二年，他被調往廬州做教授。以後他又到荊州去，直到元祐七年。這個時期是他流落不遇的京官外放時期。但是，他所到的地方，仍然是當時繁華所在的都市，一在巢湖之濱，一在洞庭之畔。這一時期的動蕩的生活，擴大了他的視野，而且使他嚐到別離羈旅的況味。這對於他的文思有大大的增益。

不久，他又厭倦於這種漂泊的生涯了。元祐八年春，他便知溧水縣事；以後的幾年，才過着比較安定的日子。據八十年後的溧水縣令強煥所說，那時的邦彥，『爲邑長於斯，其政敬簡，民到於今稱之者，固有餘愛。而尤可稱者，於撥煩治劇之中，不妨舒嘯，一觴一詠，句中有眼膾炙人口者，又有餘聲，洋洋乎在耳，則其政有不亡者存。』（註一）又說：『訪其政事，於所治後圃，得其遺致，有亭曰姑射，有堂曰蕭閒，皆取神仙中事，揭而明之，可以想像其襟抱之不凡。』（註二）由此可知他弦歌爲政，才有餘刃，心情寧適，愛好文事，深得民心。

做了地方官四年之後，他在紹聖四年，便回京做國子主簿。哲宗本來是愛才的賢主，對這一位已經見愛於先帝的人，當然是不會忘懷的。所以在紹聖五年六月十八日，他被詔對於崇政殿。哲宗要他再讀汴都賦，他因歲久不復省憶，只好把原作（元豐六年七月所獻的）和賦表一齊獻上。哲宗愛他的文才，尤愛其痛自悔責引咎圖報的誠意，便任他爲秘書省正字。這是校讎典籍，判正訛謬的官吏。

## 四、功成名就時期

在徽宗建中靖國元年，他陞遷爲校書郎。以後他又被調爲考功員外郎，是掌管課考名諡碑碣的官。大觀元年，他已五十二歲了，他的官也已升到衞尉宗正少卿，並被遣兼任議禮局的檢討官。自他回京，十餘年來做的完全是文墨工作。議禮局所定的禮書由他編修，可知道他的學殖深茂。政和元年，他又陞爲衞尉卿。那時他又是直龍圖閣的官。直龍圖閣是待制的備補官，是久次館閣的人所渴望的職位，而邦彥安而得之。不久他被派知河中府，但徽宗命他寫好了禮書才得離開，可見朝廷畀倚之重。

政和二年，禮書大致草成，他就出知隆德府（山西長治原名潞州）。政和五年，徙知明州（浙江鄞縣）。那時戶部尙書劉昺對他很好，曾薦他代己職，因此，他的聲譽更好了。

政和六年，他第三度入京，拜授秘書監的官，帶徽猷閣待制的職，而且接受了提舉大晟府的差遣。『官以寓祿秩敍位，職以待文學之選，差遣以治內外之事。』（註三）而邦彥有官爵、有職分，又有差遣，則其權責地位的重要，可想而知。秘書監是掌管古今經籍圖書國史實錄天文曆數等事的。待制卽侍從皇上的顧問。至大晟府，是崇寧四年八月纔始設置的司樂官府。邦彥提舉大晟，遂奠定了他在詞壇上的地位。從前只是一個業餘的詞家，現在卻變作一個依月用律製詞應制的詞匠了。

宣和元年，政府本來要他出知眞定府的，因他不就，便改知順昌（安徽阜陽）。宣和二年，徙知處州，但那時他已六十五歲，政府已准他罷官，並將提舉南京鴻慶宮一職以奉他，這是宋制優卹年老有功的官員而特設的閒散的祿位。但那時邦彥還在睦州，因方臘的反亂，使他經杭州，過長江，到揚州，而後才回抵鴻慶宮。宣和三年，即公元一一二一年，邦彥逝世，享年六十六。他死後，政府追贈他爲「宣奉大夫」。

## 五、略評

總觀先生平生，有兩件事最足稱道的：第一是脫略於權勢，無所趨避；第二是愛好詞樂，忠於藝術。

邦彥自受知於神宗後，以一賦而得三朝的寵眷，畢生從政，脫不了『學而優則仕』的蹊逕。但是，在這三朝中，正是黨案叠出，此興彼覆的時期。王安石的新黨和司馬光的舊派，各在政治上佔有優厚的勢力，旗鼓相當，各執一端，由暗鬪而至明爭，抵消了不少的國力。但是邦彥巳不阿附新法，也不攻擊舊派。元祐初年，舊派抬頭，政治上和人事上都免不了一場波動。而邦彥因在汴都賦中曾對新法有頌讚，所以他由朝庭的近臣一變而爲州縣的小吏了。紹聖初年，新黨又得勢了，蔡元長用事，邦彥也不因是而求進。而且，在他的賦表上，反而說：『臣命薄數奇，旋遭時變，不能俛仰取容，自觸罷廢。』這完全是自怨自艾的話。不怨天，不尤人，超然獨處，無所依附。其於東坡本來是故人子弟，而他並不入爲舊派；且於蔡京生日時，作詩爲賀，曰：『化行禹貢山川內，人在周公禮樂中。』但他並不就是新黨。他眞是毫無得失恩怨的文人。樓攻媿說：『公壯年氣銳，以布衣自結於明主。又當全盛之時，宜乎立取貴顯，而考其歲月仕宦，殊爲流落。更就詮部，試遠邑，雖歸班於朝，坐視捷徑不一趨焉。三綰州麾，僅登松班而旋死。蓋其學道退然，委順知命。人望之如木鷄，自以爲喜，此又世所未知者。』（註四）由此可見先生是一個達天知命的人，所以與世無爭。

宋朝的官吏，大都頗能享樂。武人如范韓，文吏如歐晏，那一個不精通詞章？但他們作詞，不過是付與歌喉，藉以消遣罷了。所以他們所作，多是附庸風雅的篇什，輕靈簡短的小令。而清眞先生，自太學生一命爲太學正以後，就有五年，益盡力於辭章的研究。即在溧水縣時，也時常游藝於歌詠。晚年提舉大晟府，更可證明清眞詞學造詣之精湛。政和末年，大晟府人選未定，本有田爲、任宗堯等人想繼蔡攸提舉，但結果由清眞先生繼任，可知先生樂藝精工，爲一代宗師；德高望重，非可僭奪的。樓鑰周密都說先生妙解音律，名其堂曰「顧曲」，可知先生對詞的愛好。總之，先生所歷官職，大都是筆墨生涯；所交游的朋友，大都是京都和江南的文士；所寓居的地方，大都是名邑勝地。所以先生的詞能够流傳不朽，一方面是他的資質的秉賦聰潁，另一方面是由於他的功苦力學。決不是游戲文章，以偶得一二佳句而傳名震世的。

後人往往以先生少年『疎雋少檢不爲州里推重』(註五)而傅會了許多謠諑。如貴耳集說他和李師師狎暱的故事，已爲閩侯林大椿所辯正。浩然齋雅談說他以少年游一詞致通顯，又以望江南一詞得罪等說，則爲王靜安(註六)所否定。此外王灼的碧鷄漫志傳先生和姑蘇岳楚雲的故事，以及揮麈餘話傳先生和溧水縣主簿之室的故事，恐亦不可靠。

王靜安說：『先生立身，頗有本末，而爲樂府所累，遂使人間異事，皆附蘇秦，海內奇言，盡歸方朔。廓而清之，亦後人之責矣。』(註七)這話可爲先生解誣了。

總之，周邦彥是宋朝的一名循吏，是音樂家，又是文學家。他終生從事詞藝，不『馳驅利祿，奔競塵土』（清眞詞語）可謂志潔行芳的人。他的詞當與他的人格同留千古。

註一　見強煥清眞詞序

註二　同註一

註三　見宋制

註四　見樓攻媿清眞先生文集序

註五　見宋史文苑本傳

註六　見王國維海寧王靜安先生遺書（十）

註七　同註六

# 第三章　清眞詞的文學根源

詞是宋代獨勝的文學，正如漢代的賦，唐代的詩，是那一時代的文學的特殊形式的表現。但是在這一形式中所表現的作品，自必具有各種各樣的多方面的內容。而這一特殊形式也必須由舊的根源中演化出來，所以有人說詞近於風騷，但也有人說詞是詩餘，更有人說詞是樂府，還有人名詞爲琴趣、漁譜、樵歌、綺語、歌曲、遺音等等。可見詞的源遠而流長。要吸取歷來的文學遺產，要採用新與的文學技術，來創作新的詩體，自宜有高深的文學修養，博厚的文學根源。雖然也有以才氣奇句名於一時的，但這只是名家，不能稱爲大家。宋代文豪如歐陽修蘇東坡等人，文賦詩詞，無一不精。可見文章之道，儲學積理，在乎融會貫通，滙通以後，自然會靈活圓熟地運用起來的。詞是宋代的新詩體，採用各種詞彙最爲豐富。如佛家禪語，道學神仙，經史百家之言，俚俗婦孺之語，皆得入詞。但要求用字適切，用語的當，用事妥貼，用典巧合，就要有博大高深的學力和取精用閎的才力。

邦彥櫽括唐人詩句，能够自然渾成，就因爲他於詩學有深厚的研究。而其喜用故實，引敍自然，也因爲他於百家之書，多所熟習。又其詞意婉約而深永，秀媚而渾厚，也因爲他不忘風騷的遺意。眞是『博涉百家之書』（註一）只『可惜以詞掩其他文』，（註二）誠不虛語。

## 一、清眞的文賦

邦彥的雜文，尙存者有三：一是宋文鑑中的汴都賦，二是揮麈餘話中的重進汴都賦表，三是嚴陵集中的敕賜唐二高僧師號記。現在依次論述如下：

汴都賦是他受知於神宗時的文章，善於鋪敍。但由此亦可見他精通地理，多識物名，熟悉史實，深明訓詁。王靜安批評他說：『先生汴都賦，變二京三都之形貌而得其意，無十年一紀之研鍊而有其工。壯采飛騰，奇文綺錯，二劉博奧，乏此波瀾；兩蘇汪洋，遜其典則。至令同時碩學，只誦偏旁；異世通儒，或窮音釋。然在先生猶爲少作已』（註三）同時碩學，是指李清臣；異世通儒，卽謂樓鑰。

重進汴都賦表是他被哲宗召對時所作的。王靜安亦有評語：『高華古質，語重味深，極似荆公制誥表啟之文。末段倣退之潮州謝上表，在宋四六中頗爲罕覯。』（註四）

勅賜唐二高僧師號記是他晚年自杭州徙居睦州後的作品。這是先生思想道德均已成熟時期的作品。在此可見先生也是崇奉佛說的人。他讚稱馬公玗太守說：『馬公夙植德本，深達苦空，示宰官身而作佛事。平等施德，如物蒙雨，與者不與，而受者不懷。平等施刑，如人觸刀，割者無怒，而傷者無怨。故能嗣續眞風，尊禮先覺，開彼勝利，爲四衆首。因緣會遇，適當斯時，知其由者，可無人乎？』以佛家慈悲之德，用爲施政之道，先生誠深於哲理者！

以上三篇文章，正代表着先生少年中年老年三個時期的作品。在少年時期，先生富於想像，敏於感應，故能寫出這樣富麗奇綺的汴都賦。及至中年，世故較深，經歷已多，自然會寫出這樣古樸典重的表文。同時，他還有五禮新儀劄子語，王靜安說它尤爲簡古，與重進賦表同一機杼，也是他中年的作品。到了老年，他已心閒意適，看破浮塵，故能寫出這樣清空無欲的記事文來。我想，先生的清眞居士的名號，也許是在這時期起用的。

樓攻媿說：『樂府傳播，風流自命，又性好音律，如古之妙解，顧曲名堂，不能自已，人必以爲豪放飄逸，高視古人，非攻苦力學以寸進者；及詳味其辭，經史百家之言，盤屈於筆下，若自己出；一何用功之深而致力之精耶？故見所上獻賦之書，然後知一賦之機杼。見續秋興賦後序，然後知平生之所安。盤鏡烏几之銘，可與鄭圃漆園相週旋。而禱神之文，則送窮乞巧之流亞也。驟以此語，人未必遽信，惟能細讀之者，始知斯言之不爲溢美耳。』（註五）可惜樓氏所列各題，但存其目而不能誦其文了。據王靜安所查，在聖宋文海播芳文粹中還有先生作品，惟未檢閱。此外，万俟雅言的大聲集中有先生的序，定有先生可貴的詞學的見解，惜未可得矣！

## 二、清真的詩藝

清眞的詩作亦佳。錢塘丁立中重刻汴都賦中，附錄下列各詩：

㈠宋詩紀事中有多首

㈡景定建康志中三首：過羊角哀左伯桃墓、鳳凰臺及仙杏山。

㈢齊東野語：曝日

㈣藏一話腴：天賜白

㈤合璧事類：春帖子

㈥後村千家詩：春雨

㈦琴川志：贈常熟賀公叔隱士

㈧江寧志：竹城

㈨茅山志中三首：投子山、靈仙觀、芝朮歌。

此外爲丁氏所未錄者有：

㈠陳元靚歲時廣記中內制春帖子詩二斷句

㈡寶眞齋書法贊卷十八中有一帖

㈢郁氏書畫題跋記卷一中有一帖

以上各詩，現均不易全見。王靜安說：「先生詩之存者，一鱗片爪，俱有足觀。至如曝日詩云：『冬曦如春釀，微溫只須臾，行行正須此，戀戀忽已無。』語極自然，而言外有北風雨雪之意。在東坡和陶詩中，猶爲上乘，惜僅存四句也。」（註六）其推崇如此。

王氏又說：『先生文之外，兼擅書法，岳倦翁法書贊稱其體具態全。董史皇宋書錄謂其正行皆善。又石刻鋪叙鳳墅堂帖第二十卷中刻有周清眞書，古人能事之多，自不可測也。』（註七）

於此，可知先生文學造詣的精深，其詞學根基已固，但有文學天才的人決不會局促於古人軒前的。王靜安說：『文體通行既久，染指遂多，自成習套，豪傑之士亦難於其中自出新意，故遁而作他體，以自解脫。』（註八）邦彥作新詞，創新調、發新意、開新境，以樂府獨步文壇，可謂『豪傑之士』了。所以王氏又說：『先生於詩文無所不工，然尚未盡脫古人蹊逕，平生著述，自以樂府爲第一。』（註九）

## 三、清真詞中所見

現在再從他的詞句中來看他的文學根源。先生的文學天才和文學修養所賴以盡情表現的地方，當然在片玉集中了。根據陳少章註本引證所得：

### ㈠取之於國風及楚辭的

借問何時委曲到山家　（詩）可憐委曲來山舍

邂逅相逢　邂逅相遇

賴有娥眉能暖客　螓首蛾眉

忡忡，嗟憔悴。　　憂心忡忡

閑竚立　　竚立以泣

夜何其　　夜如何其

度日如歲難到　　一日不見如三秋兮

念月榭携手　　携手同行

金刀正在柔荑手　　手如柔荑

簾烘淚雨乾　　泣涕如雨

何況會婆娑　　子仲之子，婆娑其下。

楚客慘將歸　（楚辭）登山臨水兮送將歸

登山臨水　　（仝上）

月下斜陽照水　　洞庭波兮月下

動無限傷春情緒　　目極千里兮傷春心

楚客憶江蘺　　扈江蘺與薜荔兮

算宋玉未必爲秋悲　　　　悲哉秋之爲氣也

由此，可見邦彥詞，語出風騷，有着深厚的詩情和詩意。歷來談詩者必上溯風騷，邦彥何嘗不是如此。

### ㈡取之於唐人詩的

沈義父說：『要求字面，當看溫飛卿、李長吉、李商隱及唐人諸家詩句中字面好而不俗者，采摘用之。卽如花間小詞亦多好句。』義父論詞已以清眞為主，這話也無異是指清眞而言。現在從他的詞句中找出他對於唐人詩句的研鍊的程度。

在陳少章註中，被引用的唐人詩句，杜甫約有一百七十句，李賀四十，李白三十，白樂天、韓昌黎、李義山、杜牧之、劉賓客等均在十數句以上，而溫庭筠、韓致堯亦有十句之多。由此可見他的詞藻豐富，是由於他的博學精修所得。邦彥詞句中，又時常引用唐代高僧的詩句，如：

今日獨尋黃葉路　惟鳳：去路正黃葉，別君堪白頭。

後期無定　齊已：此別應難問後期。

前村昨夜　齊已：前村深雪裏，昨夜一枝開。

金花落燼燈　鄭谷：靜燈微落燼。

愁剪燈花　鄭谷：愁剪燈花學畫眉。

可見邦彥思想已滲雜着許多佛學的成份，而他對於受了外來思想的影響之後的佛家文學，也曾研習。

### (三)取之於晏小山詞及其他各家詩句的

楊鐵夫曾經從清眞詞中，摘出許多詞句與晏幾道的詞有類似之處的，如：

| 清眞詞 | 晏小山詞 |
| --- | --- |
| 羨金屋去來，舊時巢燕 | 不如雙燕，得到蘭房 |
| 最苦夢魂，今宵不到伊行 | 如今不是夢，眞個到伊行 |

拚今生對花對酒、爲伊淚落　　年年拚得爲花愁

上馬誰扶　　知是阿嬌扶上馬

落霞隱隱日平西　　紅日平西

蘄州簟展雙紋浪　　雙紋翠簟鋪寒浪

看盡江南路　　行盡江南不與離人遇

砑綾小字夜來封　　題破香箋小牙紅

垂楊裏乍見津亭　　三月柳濃時，又向津亭見

有時雲雨鳳幃深　　鳳幃已在雲深處

甚夜長人倦難度　　甚夜長難度

意密鶯聲小　　意密弦聲碎

在這裏，又可知道他對於當時的權威作家的作品也曾作廣泛的學習。如陳少章所引注的詞語的出處，就有十八句是出於東坡詩的，還有八句是王介甫詩的，六句是歐陽修的。

本來，用字用句，古今往往雷同，這不是由於抄襲，也不一定是依從，不過是偶合罷了。吳梅說：『子野詞氣度宛似美成。』(註十)但清眞詞中只有一句『水亭小，浮萍破處，簾花檐影顚倒。』語似子野詩中的『浮萍破處見山影。』又如柳永詞中有『今宵酒醒何處』之句，應是清眞詞中『今宵燈盡酒醒時』所本。但豈可據此而謂邦彥是模仿子野屯田？引注詞語的出處，其作用正可說明作者學識的深廣程度，且概見其修養。

註一　見宋史

註二　見張端義貴耳集

註三　見王國維清眞先生遺事

註四　同註三

註五　見樓攻媿清眞先生文集序

註六　同註三

註七　同註三

註八　同註三

註九　同註三

註十　見吳梅詞學通論

# 第四章 清眞詞的內容分析

## 一、音樂成份

邦彥爲一代樂師，妙解音律，能自度腔，所以他的創調特多。沈義父說他『最爲知音』（註一），樓攻媿謂其『樂府傳播，風流自命，又性好音樂，如古之妙解，顧曲名堂，不能自已。』（註二）他晚年提擧大晟府，對於音樂上的貢獻尤大。張炎說：『周美成諸人，討論古音，審定古調，淪落之後，少得存者。由是八十四調稍傳，而美成諸人，又復增慢曲、引、近，或移宮換羽，爲三犯四犯之曲，按月律爲之，其曲遂繁。』（註三）據陳邦彥說，則大晟所收，共十二律，六十家，八十四調。（註四）

至邦彥所創，則以長調爲最多。引，是小令微引而長的新調；近，是聲律相近的新調；慢，是引而愈引的新調；都具有創新的意義。而犯是偷聲換律，窮極音變的綜合的創作，尤屬難能可貴。

慢詞，本來是起於仁宗的時候，那時，『中原息兵，汴都繁庶，歌臺舞席，競賭新聲。』柳永創調最多，東坡少游相繼有作，但成績最佳的，要推後一些時的周美成了。

蔣兆蘭說：『歐晏張賀，時多小令，慢詞寥寥，傳作較少。逮乎秦柳，始極慢詞之能事。其後清眞崛起，功力既深，才調尤高，加以精通律呂，奄有衆長。雖率然命筆，而渾厚和雅，冠絕古今，可爲詞中之聖。』（註五）

據詞譜及詞律所載，清眞創調，有下列各調：

㈠獨創的：

解連環　此調取清眞句中語以爲名

憶舊游　此調始於清眞

| | |
|---|---|
| 花心動 | 仝上 |
| 側犯 | 以宮犯商 |
| 塞翁吟 | 此調只有此體 |
| 華胥引 | 仝上 |
| 丁香結 | 此調只有此體 |
| 蕙蘭芳引 | 此調始於此詞 |
| 氐州第一（又名熙州摘遍） | 仝上 |
| 解蹀躞 | 此調始見清眞 |
| 慶春宮 | 始調 |
| 倒犯 | 始調 |
| 黃鸝繞碧樹 | 宋人無塡此詞者 |
| 綺寮怨 | 宋人只此一首 |
| 繞佛閣 | 只有此體 |

瑞龍吟　美成春景詞始用此調

紅窗迴（初名紅窗影）　創自邦彥

萬里春　此調祇此一詞

粉蝶兒慢　仝上

玉團兒

㈡借用舊曲名而調實異的：

應天長　九十八字者始於此調

荔枝香　七十三字者始於此調

還京樂

浪淘沙慢

隔浦蓮近拍　用白居易隔浦蓮曲名

芳草渡

看花回　用琴曲看花回調名

浣溪沙慢

長相思慢

渡江雲

以上各詞，都是清眞的創調。其實清眞的創調，決不止此。如加註以『正體』『正格』『定格』『又一體』的詞，想必也是他的創調，至少是曾經他修正過的詞調。

以此爲正體的：

瑣窗寒

掃花游

丹鳳吟

西平樂（平韻）

晝錦堂（平韻）

滿庭芳

法曲獻仙音
宴清都
四園竹
齊天樂
塞垣春
一寸金
夜飛鵲
早梅芳

以此爲定格的：

紅林檎近
花犯

以此爲正格的：

蘭陵王

以此爲又一體的：

風流子

清眞的創調這樣多，而且在片玉集中，題下都自注宮調，透露了一些音樂的消息，保留下詞與音樂的關係。但是，樂譜的失傳，使我們無復聽其音樂之美，只覺其語音的圓美悠揚罷了。

從他自注的宮調中，我們還可知道他所寄托於音調中的感情。據雍熙樂府所載，每一種宮調，都有它所宜於表現的情感，如：『黃鐘宮宜富貴纏綿，正宮宜惆悵雄壯，大石調宜風流蘊藉，小石調宜旖旎娥眉，仙呂宮宜清新綿遠，中呂宮宜高下閃賺，南呂宮宜感嘆傷惋，雙調宜健捷激裊，越調宜陶寫冷笑，商調宜悽愴怨慕，林鐘商宜悲傷婉轉，般涉羽調宜拾綴坑塹，歇指調宜急拼虛揭，高平調宜飄蕩滉漾，道宮宜飃逸清幽，角調宜典雅沉重。』（註六）

清眞詞，據陳注本，則以大石調爲最多（廿五首），次之者爲商調（十九首），黃鐘（十四首），仙呂（十二首），雙調（十二首），越調（八首），正宮（八首），中呂（七首），小石（六首），高平（四首），般涉（四首），道宮、歇指、林鐘（各一首）。可見他的詞，寄托於音樂中的感情，以風流蘊藉的爲最多，悽愴怨慕，富貴纏綿的次之。而清新綿遠，健捷激臭，陶寫冷笑的作品也不少。

由此，我們又可知片玉集中的調名，不出教坊十八調。王靜安說：『其音非大晟樂府之新聲，而爲隋唐以來之燕樂。』（註七）但，調名的沿用，往往累世不變（如元曲的調名）。淸眞詞雖不脫古音，但至少是修正後的古音，是新聲而不是舊樂了。王氏又說：『王叔晦碧鷄漫志謂江南某氏者，解音律，能自度曲，周美成與有瓜葛，每得一解，卽爲製詞，故集中多新聲。則集中新曲，非盡自度。然顧曲名堂，不能自已，固非不知音者。』（註八）又說：『今其聲雖亡，讀其詞者，猶覺拗怒之中，自饒和婉，曼聲促節，繁會相宜，淸濁抑揚，轆轤來往，兩宋之間，一人而已。』（註九）

閩侯林大椿說：『美成精通律呂，其所作皆具有法度，惜乎音譜失傳！後世讀其遺篇，徒驚嘆其文字之工妙，未由窺見古人辨音審韻之苦衷。』（註十）四庫提要中也有稱讚他的話：『邦彥妙解音律，爲詞家之冠。所製譜調，不獨音之平仄宜遵，卽仄字中上去入三音亦不容相混，所謂分刌節度，深契微芒。』（註一一）

總之，美成創調既多而精，且其創製的技巧也很純熟，如傳誦千古的蘭陵王，據說就是當筵命筆而作的。難怪王國維說他『創調之才多』。

## 二、文學成份

在清眞詞的分析上，音樂與文學本來是不可分的。因爲在清眞的創調中既具有文學美，而其詞句也含有音樂美，二者是統一的。但是清眞歌譜早已失傳，我們不能從聽覺上欣賞他的音樂之美，只能從文字上體味他的語言美。所以清眞詞所留下給我們的，就只有文學成份，而根本亡失了音樂成份。

㈠清眞詞的存逸、註釋、辯僞。

清眞詞的版本，王靜安謂其宋本亦有七種。（註一二）現存的清眞詞，見於毛晉汲古閣本的有一百九十首。此外，見於浩然齋雅談的一首燭影搖紅，及詞譜中的一斛珠是不入集的。

至注本，一是曹季中注，已失傳。一是陳少章注，共一百二十七首，見於彊邨叢書。近人楊鐵夫也箋注了一部分。陳注本所做的工作，第一是按照方千里楊澤民和詞的次序，分爲春夏秋冬四景及單題共五部分，另加雜賦一部分，合爲六類。第二是將以上各詞逐字逐句地註明某字某句出某處。此外，陳洵的海綃說詞中所附注的淸眞詞共有十六首，是說明詞旨，提示上下文的聯絡法，和通篇大意的組織法的。這種工作，最有價値，只可惜所注不多。

清眞詞流傳日廣，版本又多，便不免有僞作的糝混，所以有辯僞的工作；或考其歲月，或較於他作，揆情度曲，以證其僞，計僞而可查的有九闋：

1. 十六字令（見詞綜）
2. 漁家傲起句灰暖（以下見詞律）
3. 踏青游

4. 尾犯

5. 念奴嬌

6. 南歌子（以下見清眞先生遺事）

7. 靑玉案

8. 鬢雲鬆令

9. 水調歌頭

查清眞詞爲後人僞托的，大都是方、楊、陳三家和詞以外的作品。但我們也不能完全否定和詞以外的詞的眞實性。強煥是八十年後繼周爲溧水令的人，由他裒集的清眞詞（宋刻片玉集二卷）乃「旁搜遠紹」而得的百八十有二章。毛晉增補遺一卷共十首，遂採片玉集之名而共得一九二首。

㈡清眞詞的分類

清眞詞的數量不可謂少。但是，他所表現的內容是甚麼呢？據陳元龍的編次，是按照方楊和詞的目次再加雜賦而成的，卽春、夏、秋、冬、單題、雜賦六類。這是大晟府按月進曲的次序，是不合文學上的分類原則的。理由是：

在單題雜賦中也有指明季節的，如：

春景的：玉樓春、黃鸝繞碧樹、迎春樂、感皇恩

夏景的：如夢令、夜飛鵲

秋景的：蝶戀花、拜星月

冬景的：三部樂、菩薩蠻

在四季各景的作品中，全不是單寫景的，如：

瑣窗寒、垂釣絲、宴清都、氐州第一、丁香結、塞垣春、華胥引、四園竹、過秦樓、法曲獻仙音、紅林檎近(1)、丹鳳吟、滿江紅、憶舊游、迎春樂(1)、齊天樂、夜游宮等均寫懷舊之情。

解連環、迎春樂(2)、塞翁吟、風流子、霜葉飛、慶春宮、滿路花等均寄相思之苦。

木蘭花、點絳唇、浪淘沙、醉桃源(1)等均敍別離之情。

秋蕊香、南鄉子、一落索、少年游(1)、風流子等均記閨房情事。

望江南、漁家傲(2)、驀山溪、紅林檎近(2)、玲瓏四犯、少年游(2)等均敍宴遊之樂。

蘇幕遮、浣溪沙(3)、一落索(2)、滿庭芳、訴衷情(2)、夜游宮(2)、傷情怨、西平樂等均有懷鄉之意。

側犯、浣溪沙等又是詠物之詞。

掃花游、應天長、瑞鶴仙、荔枝香、渡江雲、漁家傲(1)、點絳脣、隔浦蓮、訴衷情(1)、浣溪沙(3)(4)、解蹀躞、西河等均是有感而發的。

春夏秋冬的景象是沒有絕對限界的。如醉桃源有『冬衣初染』之句而併入秋景。冬景下作品只有三首，亦不近情理。

不合分類的原則——依單純的某一性質而分類。如四季是屬時令的，而單題雜賦卻是依題意的。

本來，清眞詞，大多數是無題的。正如詩家的李商隱，其無題處，正是感情奔放處。往往迂迴反覆，道盡幾年間事，如花犯；又或由日而夜，如華胥引；由舞而息，如意難忘；由昏暝而更深，如關河令；由孤燈而初陽，如早梅芳；總是思前慮後，追往嘆昔，感慨無端的。所以不易爲之着題，更難把它分類。

現爲便於說明起見，暫把它分爲六類：

## 1. 情愛類

### (1) 艷情及閨情

其寫閨中情景，細膩入微，在香豔詞中不愧爲首屈一指之作。作者生於繁富之地，長於游樂之鄉，處於太平盛世之際，出入於歌臺舞榭之中，奢靡生活之體驗已富，繡閣鳳幃之印象已深，輕怜細閱，淺斟低唱，已不知經歷多少。所以世人稱其善作情語。清眞詞善用口語，在萬里春紅窗迥中，輕描淡寫，更饒風趣。後人不察，每以此數篇爲非難清眞之口實，如謂其『能入麗字不能入雅字』

（註一三），又謂『學清眞不可見其用情處』實乃清眞作品灑脫率眞自然流露而已。卽王國維氏所謂「其辭脫口而出，無矯揉妝束之態。」也（註一四）。

(2)戀情

戀詞多是兩地相思的作品，寫魂牽夢縈似的戀慕之情，或由景托出，或由衷直訴，曲折處，寄托着無限傷心往事，揚抑處，曲盡幾多密意柔情，故知美成誠深於情者！但自古見情處，多在生離死別之時，清眞詞中，以怨別及憶舊之作爲最多，亦緣此故。

(3)別情

這種詞均敍別時情味。因爲歡聚後仍不免分手，但握別後卻不知何時再見。他不但寫他自己的別後憶念，而且寫他送別的和辭行的依依不捨之情。

(4)傷情

這裡所寫的，多半是失戀的哀怨和絕望的悲哀；彷彿是斷了琴弦的餘聲，他所表現的情緒，永遠是令人廻腸九折的。王靜安說：『歡愉之詞難工，愁苦之音易巧。』（註一五）而周美成既善於言歡愉之豔詞，且益能寫哀怨之心音。別情一類的詞，尙多見於旅情類中，蓋別離與羇旅之情實有同處。

(5)約會

這些詞中，寫候約之情的如歸去難、漁家傲、醉桃源；寫重會之樂的如蝶戀花、浣溪沙、玲瓏四犯；寫幽會之事如迎春樂、虞美人；均喜溢言表，情見乎辭，在清眞手筆下，豈得謂『歡愉之詞難工』？

清眞詞的內容，要以愛情一類爲最多。讀其詞，知道他是非常善於鍾情的男子。本來，愛情不滿足的結果，往往能够影響到一個人的成就，這就是性的昇華。許多文學作品就是這樣產生的。王世貞謂其『能作景語，不能作情語。』（註一六）殊不知他的情已融在景中了。善讀清眞詞的人，莫不知道他的詞是有血有淚的文學，令人棓悒低徊，淒痛欲絕。

## 2. 友情類

在營營物慾的社會中，眞實的友情是不易獲得的。在清眞詞中，所謂的知心故人，往往是秦樓楚館中的妓女！男女之間本有友情，尤其是亂世，男女之間更見眞情。朋友本是五倫之一，給予人生以幫助及慰藉，所以清眞在孤寂的人生旅程中，時常慕想一個知心的旅伴。但現實並不能豐富滿足於他，只好在往事舊歡裏，尋覓一些歡愉的記憶，或片時的安慰了。

### 3. 旅情類

這些詞，或寫離情別恨，或記客中遊樂，或憶人思舊。張祥齡說他『善言羈旅』。清眞自從教授廬州之後，浮沉州縣，十有餘年，遊蹤所及，由江淮一帶而至荆楚上游之地，後又回江南知溧水。其間奔走流寓，已諳盡客中滋味。況且，他已習於都市生活，而一旦徧嚐孤寂況味，更不免感慨系之。在他的詞中，寫景美麗，自然是他游歷名川大山的結果，而情切附景，實是旅中情緒的寫照。所以種種旅情，如涼夜孤燈，更闌人靜，形單影隻，枯寂無聊……都在他的詞中盡情地表現出來。王靜安考證他曾到長安。大凡一個有學問的旅行家，每至一地，每見一物，都會想起許多古往今來的史實，而引起許多興亡盛衰之感。淸眞善言羈旅，實其來有自。

## 4. 感慨類

他對人生社會，世態俗情的感慨。這因爲他在政潮起伏的波瀾中，過了四十餘年的宦海生涯，目睹當時社會，人情凉薄，且人生淸景無常，時盛時衰，感慨不已。但觀先生感慨最多的時候，一是息影於溧水小邑的時候，如隔浦蓮鶴冲天都是飄脫淸逸的感想。二是途遇史蹟名勝之地的時候，如西河二首，就是因此而引起的感想。三是老景蒼茫的時候，如一寸金瑞鶴仙，都有厭世出世的感想。

## 5. 詠物類

以物詠懷的作品，其佳處均能物我爲一，寄托深遠。如蘭陵王的托柳敍別，蘇幕遮的荷之神理，都是詠物詞中允稱上乘的作品。

### 6. 鄉情類

這些詞，或寫其家鄉的景色，或寫其倦客思家的情懷。因爲江南富麗之地，錢塘繁盛之區，是使他永不忘懷的。

根據上述的分類，把清眞詞全集重新編訂，共得一百四十六首，較之通行本的片玉集多了十九闋。並參照詞譜和詞律以及諸家版本，而予以字句的校正。

這種分類，究竟不是絕對的分類，尤其是清眞是個富於感情的人，而其感慨所至，眞是萬端無緒的。因客旅而思家的也有；因詠物而興感嘆的也有；觸景傷情、睹物思人的更不少。感情往往是綜錯地表現的，所以不能強爲分類。

總之，清眞詞以性靈之作爲多。至應酬之作，雖多爲之，但也『不肯附和祥瑞。』(註一七)更無一頌聖諛貢之作。可見清眞先生的感情極豐富，而又極淳厚。

註 一 見沈義父樂府指迷

註二　見樓攻媿清眞先生文集序
註三　見張炎詞源
註四　見陳邦彥詞譜序
註五　見蔣兆蘭詞說
註六　見雍熙樂府
註七　見王靜安先生遺書（清眞先生遺事）
註八　同註七
註九　同註七
註十　見林大椿校本清眞集
註一一　見四庫提要詞曲類
註一二　同註七
註一三　見王世貞藝苑巵言
註一四　見王國維人間詞話
註一五　同註一四
註一六　同註一三
註一七　見陳洵海綃說詞

# 第五章　清眞詞的修辭及其特色

清眞詞的內容，不是言情，就是寫物。他既富於感情，又富於想像。他既有豐富的內容，又有表達其內容的適當的形式，故能成爲不朽的文學。清眞詞的形式，能適切地表現他的內容，這就是他在修辭上的成功。現在就詞家的批評與分析分別論述之：

## 一、詞家對清眞辭彩和章法的讚美

(1)是概括地說的，如：

1. 王灼：『周語意精新，用心甚苦。』(註一)

2.沈義父：『下字運意皆有法度。』（註二）

3.夏承燾：『詞法之嚴，無逾邦彥者。』（註三）

4.強煥：『撫寫物態曲盡其妙。』（註四）

5.陳質齋：『長調尤善鋪敍，富豔精工。』（註五）

6.劉肅：『周美成以旁搜遠紹之才，寄情長短句，縝密典麗，流風可仰。其徵辭引類，推古誇今，或借字用意，言言皆有來歷，眞是冠冕詞林。』（註六）

7.彭羨門：『美成詞如十三女子，玉豔珠鮮，正未可以軟媚少之也。』（註七）

8.陳廷焯：『美成小令以警動勝。』（註八）

9.王國維：『言情體物，窮極工巧。』（註九）

10鄭賓于：『美成曼詞，往往用事，初不覺其鋪敍之冗，且反覺其因事生色之妙。野客叢書云：「大抵詞人用事圓轉，不用深泥出處，其紐合之功，出於自然之趣。」這種手腕，美成有焉。』（註十）

11張炎：「美成詞只當看渾成處，於軟媚中有氣魄，採唐詩融化如自己者，

乃其所長。」（註一一）

12 王叔晦：「邦彥得騷人意旨，此其詞格所以特高歟！」（註一二）

13 嚴沅：「論詞於北宋，自當以美成爲最醇。」（註一三）

14 周稚圭：「宮調精研字字珠，開山妙手詎容誣，後生學語矜南渡，牙慧能知協律無。」（註一四）

15 江賓谷：「詞壇領袖屬周郎，雅擅風流顧曲堂，南渡諸賢更青出，卻虧藍草在錢塘。」（註一五）

16 劉體仁：「詞體雅正。」（註一六）

17 四庫提要：「邦彥妙解聲律。爲詞家之冠。所製諸調，不獨音之平仄宜遵，即仄字中上去入三音，亦不容相混，所謂分刌節度，深契微芒，故千里和詞，字字奉爲標準。」註一七

18 周濟：「鉤勒之妙，無如清眞，他人一鉤勒便薄，清眞愈鉤愈渾厚。」（註一八）

19戈順卿：「清眞之詞，其意澹遠，其義渾厚，其音節又復清妍和雅，最爲詞家之正宗。」（註一九）

20胡適之：「周邦彥是一個音樂家而兼是一個詞人，故他的詞音調諧美，情旨濃厚，風趣細膩，爲北宋一大家。」（註二〇）

21陳匪石：「周邦彥集詞學之大成，前無古人，後無來者。凡兩宋之千門萬戶，清眞一集，幾擅其全，其間早有定論矣。」（註二一）

22佘雪曼：「邦彥詞富艷精工，思力卓絕，摹寫物態，栩栩如生。其長在於意居筆先，神餘言外，半吞半吐，令人捉摸不定。直至曲終，滿湖煙水，一片蒼茫，雖畫工傳神之筆，不足過也。」（註二二）

㈡是逐篇而論的，如：

1.王灼：『周大酺，蘭陵王最奇崛。』

2.張炎：『美成解語花咏元夕，不獨措語精粹，且是時序風物之感。』

3. 詞潔：『美成應天長慢空濛淡遠。』

4. 況周頤：『清眞詞望江南云：「見一〇五頁」皆熨貼入微之筆。』

5. 王國維：『美成浪淘沙慢二詞，精壯頓挫，已開北曲之先聲。』

6. 陳洵箋釋的有瑞龍吟、瑣窗寒、應天長、丹鳳吟、浪淘沙慢、滿庭芳、過秦樓、塞垣春、丁香結、慶春宮、滿路花、大酺、花犯、蘭陵王、夜飛鵲、尉遲杯。（見海綃說詞）

7. 白雨齋詞話中有蘭陵王、六醜、滿庭芳、菩薩蠻、齊天樂、玉樓春、浪淘沙慢、解語花、夜飛鵲各詞的句法，聯絡法的註解。

8. 詞綜偶評中有滿庭芳、西河、點絳脣、瑞鶴仙等詞的評語。

9. 毛稚黃於應天長、少年游、意難忘、華胥引的章法亦有評語。（見古今詞話）

10 其他如沈去謙之於意難忘（見塡詞雜說），賀裳之於滿路花（見詞筌），萬樹之於浪淘沙慢（見詞律），譚獻之於六醜（見復堂詞話），也有評語。

㈢是分句而論的：

1. 沈義父：『結句以景結情最好，如清眞之斷腸院落一簾風絮，又掩重關徧城鐘鼓之類是也。』

2. 張炎：『美成風流子云：「鳳閣繡幃深幾許？聽得理絲簧。」此平易中有句法。』

3. 王世貞：『「枕痕一線紅生玉」又「喚起兩眸清炯炯，淚花落枕紅綿冷。」其形容睡起之妙，眞能動人。』

4. 劉體仁：『美成春恨以「黃鸝久住如相識，簾前重露成涓滴。」作結，有離鈎三寸之妙。』

5. 沈去謙：『「天便教人霎時廝見何妨。」「待花前月下見了不教歸去。」卞急迂妄，各極其妙，美成眞深於情者。』

6. 況周頤：『清眞詞有句云：「多少暗愁密意，惟有天知。」「最苦夢魂今宵不到伊行。」「拌今生，對花對酒，爲伊淚落。」此等語愈樸愈厚，愈厚愈雅。至眞之情，由性靈肺腑中流出；不妨說盡而愈無盡。』

7. 王國維：『「葉上初陽乾宿雨，水面清圓，一一風荷擧。」此眞得荷之神理者。』又：『專作情語而絕妙者：許多煩惱，只爲當時一餉留情。』

## 二、清眞詞的論據及其特點

這些零星斷片的論評，都是很抽象的，不着邊際的。他們用盡了巧妙言喻來形容它，也還是空洞不貼實的。在現代修辭學上的解釋，第一要有科學的分析，第二要有具體的說明。對於清眞詞，與其說是含蓄，蘊藉，典麗，清切，不如說他根據了修辭學上的某幾種的原則。

現在，從下列四項來觀察清眞詞：

(一)字面的出處。

㈢句語的構造。
㈢上下文的聯絡。
㈣音韻和聲律。
清眞詞的特點有四：

㈠喜隱括唐宋人的詩句：

1. 用杜甫的：

(周) 那堪昏暝，簌簌半檐花落　　(杜) 燈前細雨檐花落
定巢燕子歸來舊處　　頻來語燕定新巢
緩引春酌　　清夜沉沉動君酌
晚上潮來，迤邐沒沙痕　　潮來沒沙嘴
人靜烏鳶自樂　　人靜烏鳶樂
且莫思身外，長共樽前　　莫思身外無窮事，且盡尊前有限杯

哀柳啼鴉

閉門收晚照

明年誰健，更把茱萸再三囑

道是君瘦損

天涯回首一消魂，二十四橋歌舞地

畫圖中，舊識春風面

雨肥梅子

浴鳧飛鷺澄波綠

愁抱惟宜酒

天風吹斷柳，啼殺後栖鴉

反照入江翻石壁，絕塞愁時早閉門

明年此會知誰健，更把茱萸仔細看

思君令人瘦

回首可憐歌舞地

畫圖省識春風面

紅綻雨肥梅

浴鳧飛鷺晚悠悠

解愁惟是酒

2. 用李賀的

（周）曲裏長眉翠淺

小唇秀靨今在否

鬢點吳霜嗟早白

（李）自從小靨來東道，曲裏長眉少見人

濃眉籠小唇，及晚奩妝秀靨

吳霜點歸鬢

暗葉啼風雨

酒暖香融春有味

羌管無情，看看又奏

縱揚鞭亦自行遲

3. 用李白的：

（周）千萬絲，陌頭楊柳

到長淮底，過當時樓下

山四倚，雲漸起，鳥度屏風裏

玉簫金管，不共美人游

風緊柳花迎面

桃蹊柳曲閒蹤跡，俱曾是大堤客

空回首，淡煙橫素

南陌上，落花間

木葉啼風雨

人間酒暖春茫茫

羌管照落梅

何忍重揚鞭

（李）陌頭楊柳黃金色

當時樓下水，今日知何處

人行明鏡中，鳥度屏風裏

玉簫金管坐兩頭

風吹柳花滿店香

昔爲大堤客，曾上山公樓

林煙橫積素

朝步落花間

秋霜半入清鏡

吳鹽勝雪

菖蒲葉老水平沙

故遣度幕穿窗，似欲料理新妝

蠢蠢黃金初脫後

上馬人扶殘醉

爲甚月中歸

秋霜入曉鏡

吳鹽如霜花如雪

菖蒲猶短未平沙

可憐飛燕倚新妝

柳色黃金嫩

阿誰扶上馬

取醉月中歸

4.用白居易的：

(周)離思何限

感君一曲斷腸歌

雙絲雲雁綾

一枝在手

滿園歌吹

(白)春愁秋思知何限

一曲四弦並八疊，從頭總是斷腸聲

織爲雲外秋雁綾

閒折一枝春在手

惟聽梨園歌吹發

琵琶撥盡四弦悲　　曲終抽撥當心畫，四弦一聲如裂帛

梨花榆火催寒食　　手撚梨花寒食心

聒席笙歌，透簾燈火　　笙歌歸院落，燈火下樓臺

5. 用韓愈的：

(周) 春事能幾許　　(韓) 春餘幾許時

浮花浪蕊都相識　　浮花浪蘂鎭長有

勸此淹留　　勸我此淹留

水眄蘭情　　水眄蘭情別日多

灑血書辭　　刳肝以爲紙，灑血以書辭

川源澄映　　川源共澄映，雲日遠浮飄

花艷參差　　花艷大提倡

歌韻巧共泉聲，間雜琮琤玉　　泉聲玉琮琤

紅糝鋪地　　桃枝綴紅糝

雪浪翻空　　　　波浪翻空杳浩無涘

簾纖小雨池塘徧　　　　簾纖小雨守朱門

6.用李義山的：

（周）蝶粉蜂黃都褪了　　　　（李）何處拂胸資蝶粉，幾時塗額藉蜂黃

素娥靑女鬪嬋娟　　　　靑女素娥俱奈冷，月中霜裏鬪嬋娟

柳眼花鬚更誰翦，此懷何處　　　　柳眼花須各無賴，紫蝶游蜂

消遣？　　　　俱有情

冶葉倡條俱相識　　　　冶葉倡條徧相識

靜看打窗蟲　　　　門戶暗蟲猶打窗

更誰念玉溪消息　　　　十年泉下無消息，九日尊前有所思

寄恨書中　　　　寄恨一尺素

7.用劉禹錫的：

（周）對宿煙收　　　　（劉）林淸宿煙收

恨客裏光陰虛擲　　遙羨光陰不虛擲

亂點桃蹊，輕翻柳陌　　桃蹊柳陌好經過

夜深月過女牆來　　淮水東邊舊時月，夜深還過女牆來

想依稀，王謝鄰里，燕子不知何世，入尋常巷陌人家　　舊時王謝堂前燕，飛入尋常百姓家

樓上闌干橫斗柄　　欄干橫斗垂

腰勝武昌官柳　　武昌春柳似腰肢

他日相逢花月底　　花前月底奉君王

8.用杜牧的：

(周)別有孤角吟秋，對曉風嗚軋　　(杜)嗚軋江樓角一聲，微陽瀲瀲落寒汀

紅日三竿，醉頭扶起還怯　　醉頭扶不起，三丈日還高

淮山夜月，又陰陰淡月籠沙　　煙籠寒水月籠沙，夜泊秦淮近酒家

好風襟袖先知　　好風襟袖知

愁如春後絮
華堂花艷對別
脈脈無言
二十四橋歌舞地
低鬟蟬影動
事與孤鴻去

別愁紛若絮
華堂今日綺筵開
脈脈無言幾度春
二十四橋歌舞地，玉人何處教吹簫
低鬟蟬影動
恨如春草多，事逐孤鴻去

9.用溫庭筠的：

(周)一雙燕子守朱門
故人剪燭西窗語
雁背夕陽紅欲暮
屏裏吳山夢到
正拂面垂楊堪攬結

(溫)一雙青鎖燕
回顰笑語西窗客
雁背夕陽多
屏上吳山遠，樓中朔管悲
楊柳千條拂面絲

10用韓偓的：

| | |
|---|---|
| (周)盡日測測輕寒 | (韓)測測輕寒剪剪風 |
| 樓上晴天碧四垂 | 淚眼倚樓天四垂 |
| 時聞打窗雨 | 欲明花更寒，東風打窗雨 |
| 深閣時聞裁剪 | 分明窗下聞裁剪 |
| 眼波傳意 | 眼波向我無端豔 |
| 衣薄奈朝寒 | 六銖衣薄惹輕寒 |
| 海棠花謝，樓上捲簾看 | 海棠花謝否?側臥捲簾看 |
| 寶髻玲瓏欹玉燕 | 歡餘玉燕欹 |

11 用蘇東坡的：

| | |
|---|---|
| (周)水面清圓，一一風荷擧 | (蘇)鶯啼霜樹聲清圓，燕立風前體輕擧 |
| 簟紋如水浸芙蓉 | 簟紋如水帳如煙 |
| 煙月冥濛 | 孤煙落日相冥濛 |
| 清池漲微瀾 | 積雨生微瀾 |

著甚情悰　　翠香脫落加情悰

孤影蹁躚　　舞袖蹁躚

人在天角　　故人各在天一角

半篙波暖　　池中半篙水

12用王安石的：

(周)研綾小字夜來封　　(王)小研紅綾門詩句

疑淨洗鉛華　　不御鉛華知國色

歎帶眼都移舊處　　平昔離愁寬帶眼

13用歐陽修的：

(周)天寒山色有無中　　(歐陽)平山欄檻倚晴空，山色有無中

轣轆牽金井　　金井轣轆聞汲水

駞褐寒侵　　輕寒漠漠侵駞褐

14用司馬光的：

（周）幾回得見，見了還休，爭如不見（司馬）相見爭如不見

清眞詞的字面出處，當然不止這些，不過從此可見一向被人稱爲善於櫽括唐宋詩句的眞象罷了。

## (二)喜用對句和問語

對偶多是有意的用於調節語氣或襯托語意的時候，但往往也有自然產生的。詞中對句，也要以不露痕跡爲佳。沈雄說：『對句易於言景，難于言情。』但清眞詞是兩者兼長的。如：

1. 寫境的：名園露飲，東城閑步。

舟移岸曲，人在天角。

風散雨收，霧輕雲薄。

重解繡鞍，緩引春酌。

霜凋岸艸，霧隱城堞。

鬢怯瓊梳，容消金鏡。

風約簾衣歸燕急，水搖扇影戲魚驚。

翠枕面涼頻憶睡，玉簫手汗錯成聲。

孤角吟秋，曉風鳴軋。

寒吹斷梗，風翻暗雪。

暮雨生寒，鳴蛩勸織。

座上琴心，機中錦字。

落葉翻鴉，驚風破鴈。

高柳春纔軟，凍梅寒更香。

金花落燼燈，銀礫鳴窗雪。

月夜攜手，露橋聞笛。

2.寫情的：恨墨盈牋，斜妝照水。

寄恨書中，銀鉤空滿；斷腸聲裏，玉筯還垂。

徽弦乍拂，音韻先苦。

冷落詞賦客，蕭索水雲鄉。

步屐晴正好，宴席晚方歡。

愁極頻驚，夢輕難記。

酒趁哀弦，燈照離席。

簾烘樓迥月宜人，酒暖香融春有味。

低鬟蟬影動，私語口脂香。

幽閣深沉燈焰喜，小爐鄰近酒杯寬。

酒釃未須令客醉，路長終是少人扶。

人如風後入江雲，情似雨餘黏地絮。

感君一曲斷腸歌，勸我十分和淚酒。

當時相候赤欄橋，今日獨尋黃葉路。

3.人名對使的例，已見於樂府指迷，據說則不可學。

問語的應用，本來是用於不知而欲知的時候，但有時也是不必問而發問的。在清眞詞中就有許多這樣的例子。他不是要求讀者解答，而是要求加深讀者的印象。他不是眞的要解答，而是要使讀者於找尋解答中體味他的深意，所以問語可以表現出更多的意思，傳達出更微妙的言外餘味，使情致更加曲折，文意更爲含蓄。

如：「怎奈向蘭成憔悴，衞玠清羸？」（大酺）「何事勞生，經年信漂泊？」（一寸金）「誰遣有情知事早？」（玉燭新）「何因容易到長安？」（浣溪沙）「今夜長，爭奈枕單人獨？」（蕙蘭芳引）都有無可奈何的悲哀，他雖然不願如此，但他又不能不如此！

又如：「有何人念我無聊，夢魂暗想鴛侶？」（尉遲杯）「問嶺外風光故人知否？」（玉燭新）「有誰知爲蕭娘書一紙？」（夜游宮）「此歌能有幾人知？」（定風波）明知道他人不知而又自問，這正是一個人在無人同情的時候免不了的自歎。

此外，在記憶裏的時間和人物已經糢糊不清的時候，也不能不用似是而非的問語。在清眞詞中，「何況」，「何許」，「誰記」，「多少」，「幾許」，「何用」，「爭奈」，「何事」，「更誰」，「怎信」等字是很常見的。

### ㈢喜用襯托法，隱喻法，回憶法。

1. 以景托情的，如：

⑴隔窗寒雨，向壁孤燈。

⑵淚多羅袖重，意密鶯聲小。

⑶怎奈向，一縷相思，隔溪山不斷。

⑷何處是歸舟？夕陽江上樓。

⑸野外一聲鐘，起送孤蓬。

⑹斜陽映山落，歛餘紅，猶戀孤城欄角。

⑺還將兩袖珠淚，沈吟向寂寥寒燈下。

2. 以物喻義的，如：

(1)金鑪應見舊殘梅，莫使恩情容易似寒灰。

(2)清潤玉簫閒久，知音稀有。

(3)春戀雨潤雲溫，苦驚風吹散。

(4)但愁一陣風雨悲，吹分散。

(5)恐斷紅上有相思字，何由見得？

3. 回憶法

在淸眞詞中有很多回憶的敍述，所以用了很多「猶記、省、念、料、想、思、還憶、重念、記得、自念、曾記」等字句。撫今追昔，念遠思舊，便很容易激起讀者心情的共鳴。

## ㈣講究聲律之美

1. 疊字　在淸眞詞中，疊字用的不少：如「人人、忡忡、漠漠、耿耿、一

一、朱朱、白白、炯炯、霏霏、年年、迢迢、簌簌、騰騰、暗暗、脈脈」等。

2. 雙聲叠韻　如「迢遞、迴徨、轣轆、玲瓏、琳浪、參差、夷猶」等。

3. 叠筆　如「此時情意此時天，此時此意，舊色舊香，輕惜輕憐，閑語閑言，才喜欲嘆還驚，乍開乍斂，」等。

4. 用韻　清眞用韻，主張自然。

(1)不叶韻的：

一剪梅的回更

雙頭蓮的影碧

三部樂的瓊絕

驀山溪的甚底

柳條青的盈春人心雲

垂釣絲的否羽

(2)押韻很少的，如：

西平樂一三七字，只用七韻。

過秦樓一一一字，只有八韻。

留客住前闋，只用暑暮二韻。

看花回一〇一字，只有九韻。

(3)平仄互叶的，如：

浣溪沙慢破我與呵多通叶。

四園竹扉知與幃淚互叶。

渡江雲以「下」叶「家沙佳。」

5.用聲：

(1)韻少叶仍不失其聲調之美，就是善用四聲，鍊字響的緣故。故拗句正是佳處，如繞佛閣多拗句、晝錦堂「愁聞雙飛新」五字連平，亦是拗句。

(2)去聲字的運用：押韻以押去聲者爲最多，句中亦善用去聲字，如：

一寸金有二十四個去聲字。
蕙蘭芳引有二十二個去聲字。
月下笛各去聲字也用得適當。
(3)「上平去入」四聲句的運用，如：
掃花游的起句：曉陰翳日
渡江雲第二句：暖回雁翼
解連環收句：爲伊淚落
瑣窗寒的「小唇秀靨」等。
(4)以入作平，如：
大酺的玉字
月下笛的葉字
塞垣春的寂字
蘭陵王的一字與月字

清眞詞的講究聲律，使後來沈義父的樂府指迷和萬紅友的詞律都據之以立論。

註一　見王灼碧雞漫志

註二　見沈義父樂府指迷

註三　見夏承燾作詞法

註四　見強煥清眞詞序

註五　見陳振孫直齋書錄解題

註六　見陳之龍集注本片玉集序

註七　見彭孫遹金粟詞話

註八　見陳廷焯白雨齋詞話

註九　見王國維人間詞話

註一〇　見鄭賓于中國文學變遷史（下册）

註一一　見張炎詞源

註一二　見王叔晦唐宋名家詞選精注集引

註一三　見嚴泛古今詞選序

註一四　見周稚圭論清眞

註一五　見江賓谷論清眞

註一六　見劉體仁七頌堂詞繹

註一七　見四庫提要詞曲類

註一八　見周濟介存齋論詞雜著

註一九　見戈順卿宋七家詞選

註二〇　見胡適之選注詞選

註二一　見陳匪石宋詞學

註二二　見佘雪曼詞學演講錄

# 第六章　淸眞詞的風格及其流派

## 一、風　格

淸眞詞的風格，是渾涵，是雅麗，是婉媚，是沈鬱，這都是詩人最高的造詣，也是詞中最難達到的境界。鄭文焯說：「美成詞切情附物，風力奇高。」歷來褒貶很多，但都是偏一之論，有「見樹木不見森林」之誚，其實他的風格，就是這四個特點：

(一)渾涵　張炎說：「美成詞只當看渾成處，於軟媚中有氣魂。」(註一)又謂：「美成負一代詞名，所作之詞，渾厚和雅，善於融化詩句。」(註二)陳質齋亦謂其詞：「渾然天成。」(註三)周濟、王鵬運亦謂：「還淸眞之渾化。」海綃說詞：「清眞格調天成，自然中度，幾於化矣。」（註四）可見渾涵有兩種的意義：

第一是高超的意境，卽王國維所謂：「詞以境界爲上」（註五）的境界。情景交融而發掘出更深的情，透入了更美的景，使景中全是情，情中全透入景，這是自然景象和生命情調渾化的美境。也就是王國維所謂：「有我之境」與「無我之境。」（註六）如花犯、夜游宮、蘇幕遮、水龍吟、蝶戀花、三部樂、菩薩蠻、側犯、浣溪沙、慶春宮等詞。

第二是指「意欲層深，語欲渾成。」（註七）的意義而言的，卽將古人詩句，檃括入律，渾化無迹之謂。如西河是檃括劉賓客金陵詩及烏衣巷詩而成的。此外「雨肥梅子」是從杜詩「紅綻雨肥梅」來的，「天涯回首一消魂，二十四橋歌舞地。」是杜甫「回首可憐歌舞地」來的，這樣的例子很多，已在上一章說過了。

(二) 雅麗 張炎已說清眞詞「渾厚和雅」（註八），但後來又說他「爲情所役，失雅正之音。」可見前者係指其風格，後者僅指其用語。後世多以此爲美成之疵病，如王世貞謂其「能入麗字，不能入雅字。」（註九）劉熙載謂其：「只是當不得一個貞字。」陳廷焯謂其「好作豔語，不免於俚。」王國維更據此而謂「詞之雅正，在神不在貌，少游雖作豔語，終有品格，方之美成便有淑女與倡伎之別。」(註十)

其實，美成詞，所謂「不免於俚」，當不得一個「貞」(註十一)字的也很少，即如花心動、浣溪沙慢、大有、紅窗迥、萬里春、滿路花、看花迴、迎春樂、歸去難等等，也不過是多一點色情的描寫罷了。如果認爲採用了當時的俗語，就認爲有失雅正，這是太抹煞了。其實，雅有雅正，高雅，和雅，閑雅，典雅的意義，清眞詞實在可以當得一個雅字。因爲：

第一、清眞的詞都是「律呂協調」的雅音，即詞家之正體，而且雅緻精工，非同粗製。

第二、清眞的詞，沒有「低級趣味」，詞潔云：「美成詞，乍近之覺疏樸古澀，不甚悅口；含咀之久，則舌本生津」。(註十二)可見清眞詞的高雅。

第三、清眞得灕騷的遺意，將情感吐露在他的詞中，能「好色而不淫」，「

怨悱而不亂」，深得和雅之道。

第四、大晟府，本來是上流社會的享樂場所，所作詞自然是貴族氣派的典雅厚重而閎美的。

至其詞，沈義父謂其「最爲知音，無一點市井氣，下字運意皆有法度。」（註十三）陳質齋亦稱其「富豔精工」（註十四）陸輔之亦讚其「典麗」（註十五）鄧牧心也說：「麗莫如周」但劉體仁則謂「其體雅正，無旁見側出之妙」（註十六）卻非美譽。據以上各說，玆將雅麗合成一詞，來說明他的詞的風格，這是因爲他的詞是雅之所在，麗亦隨之的。如瑣窗寒、齊天樂、過秦樓、尉遲杯、憶舊游、憶秦娥、浪淘沙慢、木蘭花令、南鄉子、玉樓春等，也都是以雅麗稱的。大抵咏梅之作多典麗，咏蓮之作多清麗，風情如物，是亦雅麗之意。

(三) 婉媚　強煥謂其「撫寫物態，曲盡其妙。」（註十七）華亭宋則謂其「蜿蜒流美而乏陡健」（註十八）彭羨門又謂「美成詞如十三女子，玉豔珠鮮，正未可以軟媚而少之也。」（註十九）郭祥伯亦謂其「含情幽豔」詞能婉媚，才能使情長味永，曲盡其妙。清眞詞中，以婉媚著稱的，如少年游、解連環、丁香結、大酺、六醜、蝶戀花（月皎）、應天長、漁家傲、夜飛鵲、塞垣春等，大都是纏綿婉轉、珠圓玉潤的作品。

（四）沈鬱　沈鬱頓挫之處，在清眞詞的長調中特別多。惟沈鬱才能含蓄，惟沈鬱才能蘊藉，亦惟沈鬱才能曲折盡致。清眞詞，善言羈旅，故以感慨凄愴，悲涼怨慕之作爲最多。全以沈鬱的筆調寫的，如：蘭陵王、滿庭芳、瑞龍吟、宴清都、丹鳳吟、華胥引、早梅芳近、定風波等等。

以上所說的渾涵、雅麗、婉媚、沈鬱，是清眞詞風格的總說明，在各類的舉例中，都同時或多或少的含有這四種的風格，這裏不過舉其特別顯著的例罷了，其實含蓄如點絳脣（征騎），疎快如訴衷情，閑適如鶴沖天，凄清如清商怨，曠達如留客住、黃鸝繞碧樹，豔情如木蘭花令、虞美人，灑脫如諸小令，也不離這四種風格。

總之，美成詞的風格，能渾涵而不病呆滯，能雅麗而不重虛飾，能婉媚而不失氣魄，能沉鬱而不直率，深得詞的理法，故能切情附物，風力奇高。

周存介說：『美成思力，獨絕千古，後有作者，莫能出其範圍矣』（註二〇）他的範圍已如此廣，他的流派因此也很多。

## 二、流　派

受清眞詞影響的約有三派：

㈠音律派　清眞旣注重音律，提舉大晟府以後，更努力於審定古音古調，影響於當時同僚的万俟雅言、田爲、晁端禮、晁中之等人。他們雖然能夠「發妙音於律呂之中，運巧思於斧鑿之外」，但是他們按月應制，多是頌聖諛上之作，詞格已卑，故少得好評。音律派中造詣最深、功蓋清眞的，要算姜白石，其次就是張玉田，他們在詞作中是更加講究音律了。陳廷焯說：「美成、白石各有至處，不必過爲軒輊。頓挫之妙，理法之精，千古詞宗，自屬美成。而氣體之超妙，則白石獨有千古，美成不能至。」（註二一）而他作詞，是要「過旬塗改巧定」的，所以說，美成是詞匠的俑人，而白石是詞匠的宗祖。至玉田主張「音律參先」也是從音律上着眼的。夢窗亦爲音樂家，故有「前清眞，後夢窗」之說。

(二)情韻派　清眞詞情韻之佳，是後人最宗仰的，北宋末年的作家，如：

1. 李清照，白雨齋謂「其源從淮海、大晟來。」
2. 曹組（如夢令）、蔡伸（長相思）得其風情。
3. 呂濱老（驀山溪）、李端叔（鷓鴣天）得其婉妙。
4. 孫洙（河滿子）得其沉着。
5. 魏夫人（定風波）得其雅麗。

但學其情韻而得到最大成功的，還是南宋的諸大詞家。如：

1. 『白石、梅溪，皆祖清眞。白石化矣，梅溪或稍遜焉。』（見白雨齋詞話）可見白石亦兼取其情韻。
2. 史梅溪　『高者亦未嘗不化，如東風第一枝精妙處皆是清眞高處』『梅溪詞如「碧袖——」又「三年夢」亦居然美成復生』『玉蝴蝶「一笛當樓，

謝娘懸淚立風前」亦清切如美成』（同上）

3.吳文英　沈伯時說：『夢窗深得清眞之妙』蒿庵論詞：『商隱學老杜，亦如文英之學清眞也。』白雨齋詞話：『吳文英憶舊游「送人猶未苦……」清湛之思，最是善學清眞處。』

4.周密　白雨齋：『周公謹刻意學清眞，句法字度居然合拍，惟氣體究去清眞已遠，其高者可步梅溪，次亦平視竹屋。』其詞以蕚紅爲最佳。又復堂詞話：『周密玉京秋，詞境高處，往往出於清眞。』

5.蔣竹山　白雲齋：『美成爲一體，竹屋艸窗附之。』

6.高觀國，以及王沂孫的詠物詞，好處也能神似清眞。南宋諸家學清眞而能光大發揚之，但仍未能達到清眞的渾化。所以到了清代就有還清眞渾化的學說。蔣兆蘭說：『有清一代，詞學屢變……大抵原本風騷，謹守止庵，導源碧山，歷稼軒夢窗以還清眞之渾化之說爲久。』（註三）

陳廷焯說：『學周秦姜史不成，無害爲雅正。』『熟讀周秦（周秦）詞，則

韻味自深。』(註二三)

陳洵說：『吾意則以周吳爲師，餘子爲友，使周吳有定尊，然後餘子可取益。於師有未達，則博求之友，於友有未安，則返質之師。如此，則系統明，而流源分合之故亦從可識矣。』又說：『學詞者，由夢窗以窺美成，猶學詩者，由義山以窺少陵，皆涂轍之至正者也。』(註二四)

清代談詞派的，一以常州派爲宗。常州派以拙重大，學北宋的渾涵；浙派以鬆輕靈，學南宋的清空。常州派興而浙派替。常州派的首領，張惠言論詞以深美閎約爲旨。周濟亦推崇清眞。復堂詞話謂王鵬運的詞以渾化爲歸；況蘷笙的詞重拙大；程子大的詞取徑白石、夢窗、清眞而直入溫韋、馮煦，詞亦趨向清眞，門徑甚正，心思甚邃，且得澀意。而白雨齋則謂譚仲修賀新郎一詞『淒涼怨慕，深於周秦，不同貌似者。』又謂：『莊棫亦胎息於淮海大晟。』至朱祖謀，源出鵬運，當同爲推崇清眞的人。

蔣兆蘭說：「近日詞人，如吳梅、王朝陽、陳去病諸子，大抵宗法夢牕，上希片玉，猶是同光前輩典型。」(註二五)這些都是宗仰清眞的情韻的。

㈢句法派　現在說到清眞詞的和家了。方千里和清眞詞有九十三首。楊澤民和清眞詞九十二首。陳允平西麓繼周集有一百二十八首，此外，趙秋曉八用其韻。草窗、夢窗、王沂孫、張炎詞中亦有嚴守其句法的。

清代詞家亦有嚴守他的句法的，如：

1. 洪叔嶼蘭陵王(蒿庵詞話)

2. 沈君閏花犯(芬陀利室詞話)

3. 周保緒六醜(芬陀利室詞話)

4. 周穉圭瑞鶴仙、念奴嬌。

5. 顧澹園霜葉飛、尾犯、點絳脣。

但是，這些和詞，只能見其服膺之意而已，從文學上的見地來說，只好說他們吃力不討好了。張炎說：「詞不可強和人韻，若曲韻寬平，庶可賡和，倘韻險爲人所先，牽強塞責，句意何以融貫乎？」(註二六)這話很對。

註一　見張炎詞源
註二　同註一
註三　見陳振孫質齋書錄解題
註四　見陳洵海綃說詞
註五　見王國維人間詞話
註六　同註五
註七　見毛先舒宋八十一家詞選例言
註八　同註一
註九　見王世貞藝苑卮言
註一〇　同註五
註一一　見劉熙載詞概
註一二　見先遷甫詞潔
註一三　見沈義父樂府指迷
註一四　同註三
註一五　見陸輔之詞旨
註一六　見劉體仁七頌堂詞繹
註一七　見強煥清眞詞序

註一八　見彭孫遹金粟詞話

註一九　見周濟介存齋論詞雜著

註二〇　見陳亦峯白雨齋詞話

註二一　見蔣兆蘭復堂詞話

註二二　同註二〇

註二三　同註四

註二四　同註二一

註二五　同註一

# 第七章 清眞詞的評價及其影響

## 一、評 價

歷來對於清眞詞的批評，不是太籠統的推崇，就是太含糊的抹煞。而且，有許多人只從某一角度去看他的詞，所以有種種不同的批評。如：

㈠說他是詞中老杜：

詞潔：『以宋詞比唐詩，則東坡似太白，歐秦似摩詰，耆卿似樂天，方回叔原則大曆十子之流，南宋惟一稼軒可比昌黎，而詞中老杜則非先生不可。』

詞潔所云，係由清眞的文學技術着眼的，所以他又說：『白石兼王、孟、韋、柳之長。』王國維則從他的造詣上來說，所以他說：『北宋人如歐、蘇、秦、黃，高則高矣，至精工博大，殊不逮先生。』

本來，在他的成就上言，他是集大成的人。正如老杜一樣，在他的詩作中，具備了各種體製，表現了各種情文，而且將全生命獻給於文藝。他們是可以相提並論的，而且清眞也很宗仰老杜，所以從他的詞的字面看來，引用自杜甫詩句中的為最多。

但是，杜詩的造境，大多數是寫悲天憫人的家國之懷，而清眞的詞，則多是寫旖旎繾綣的兒女之情，一為高遠，一為切近，亦有所不同。所以陳廷焯說：『詩人所闢之境，詞人尙未見者，如杜陵之詩，包括萬有，空諸倚傍，縱橫博大，千變萬化之中，卻極沈鬱頓挫忠厚和平。此子美之所以橫絕古今，無以為敵也。求之於詞，亦未見有造此境者……至謂白石似淵明，大晟似子美，則吾不謂然。』(註一) 這話頗為中肯。

張祥齡說：『周清眞詩家之李東川也。』(註二)

陳銳說：『周美成渾厚，擬陸士衡。』(註三)

這些牽合之說，只可當作清眞詞的部分說明。因爲時代不同，體製已異，歷史不會重演，死者不能復生，那能一一相似呢？

(二)以爲清眞詞，是和各家並稱對舉的，如：

1. 張先　沈祥龍說：『詞能幽澀，則無淺滑之弊，能皺瘦，則免痴肥之誚，觀周美成張子野兩家詞自見。』(註四)

晁梅也說：『子野詞氣度宛似美成。』(註五)

2. 柳永　張炎謂：『爲情所役，則失雅正之音，耆卿可不必論，美成有所不免。』(註六)

沈去矜謂：『學周柳不得見其用情處。』(註七)

3. 賀鑄　王灼以爲：『世間有離騷，惟賀方回周美成時得之。』(註八)

4. 秦觀　沈祥龍謂：『詞之蘊藉，宜學少游美成。』(註九)

陳廷焯以爲：『北宋之詞，周秦兩家，皆極沈鬱頓挫之妙。而少游托

與尤深，美成規模較大，此周秦之異也。』(註一〇)

5. 姜夔：『美成，堯章宮調語句兩皆無憾，斯爲冠絕。』(註一一)

6. 吳文英 尹惟曉：『前有清眞，後有夢窗。』(註一二)

㈢又有從地位上來論他的：

1. 陳郁：『美成自號清眞，二百年來，以樂府獨步。』(註一三)

2. 陳質齋：『詞人之甲乙也。』(註一四)

3. 陳廷焯：『少游美成詞壇領袖也。』(註一五)

總之，這些支離破碎的見解，未能作整體之批評。

㈣綜合各家的正確評語，深以下列三點較稱允當：

**1. 爲詞家的正宗** 陳亦峯說：『蘇、辛、周、秦之與溫韋，貌變而神不變，聲色大開，本原則一。』(註一六)自來分詞派爲豪放婉約兩派，實則豪放是詞境擴展的結果，而曲折表達情意，畢竟是詞的本色。吳梅說：『詞至美成，乃有大宗，前收蘇秦之終，後開姜史之始。自有詞人以來，爲萬世不祧之祖宗。』

（註一七）

有好些人就把他認爲折衷派，即折衷於花間派和革新派之間的獨立一派。楊蔭深更以爲他不應屬任何派系，因爲他一方面繼承花間的婉約之旨，一方面接收革新派的長調慢詞。

**2.爲詞家集大成者**　蔣兆蘭說：『周止庵揭櫫四家，而以清眞集大成，可謂卓識至論。』（註一八）

從上列對學各家之說中，就可知美成兼具各家的長處，如張子野的飄逸，晏小山的灑脫，柳耆卿的情韻，賀方回的豔麗，蘇東坡曠達的心境，秦少游的婉媚風情，都能一一從他的詞中表露出來。怎能不說他是自有詞人以來的巨擘呢？

**3.是詞中聖手**　吳梅說：『詞至清眞，實是聖手，後人竭力摹效，且不能形似也。』（註一九）所謂聖手，第一是他渾化的高境，第二是他各體俱工，第三是他能俗能雅，第四是他「表裏俱佳，文質適中。」第五是他能妙解音律。這都是歷來的詞人所難兼全的，他不但是集北宋的大成，而且開南宋之先路。

## 二、影響

清眞詞既繼承詞學的正宗，集詞家的大成，而又被稱爲詞作的聖手，所影響於後世的，自必不少，玆約述如下：

㈠**後世塡詞有一定的法度** 大抵每一詩體的律法的產生，都由於最優美的作品的出現，而詞亦然。像清眞的詞，竟能獨步兩百餘年，且令「貴人學士，市儈妓女，皆知美成詞爲可愛。」（註二〇）其感人之深，造詣之高，舉世無雙，故使後人無法駕乎其上，只好在他的圈套中打轉了。

㈡**後世詞家益注重音律** 清眞的詞，在文學中含有音樂美，在音樂中又能流露他的文學美。這完全因爲他對於聲樂之理融會貫通。因此南宋姜夔、周密、張炎等人，均極力鑽研音律，而能自度腔調。後來歌譜雖已失傳，而律法仍在，也使人不敢隨便塡詞。

㈢**檃括體的傳播** 每一詩體，必須儘量吸收前人詩句的精華，但翻詩入詞，只是無意中偶爾爲之的事，而清眞的以詩入詞，好像是有意爲之的。在他以前，東坡曾檃括歸去來辭，山谷曾檃括醉翁亭記，又將漁父詞改作鷓鴣天，可見檃括體早已有之，不過無如清眞之後的盛行罷了。如林正大的風雅遺音，就完全是檃括體的。這種影響，使詞變成只是體製上的改變，埋沒了不少造境的天才，難怪王國維也說清眞『創意之才少』（註二一）了。

**㈣和詞的興起**　片玉集的和者三家：方千里、楊澤民、陳允平都是取其整集而和之的。其實清眞提舉大晟府時，「每製一詞，名流輒爲賡和。」（註二二）而後來夢窗、艸窗、碧山、玉田等人的詞中雖有未經指明爲和詞的，而實則句度不變，甚或語意差近，也可說是和他的詞。跟着，陳三聘的和石湖詞，也在那時產生了。

**㈤保留塡詞的一定格律**　片玉集的和詞這樣多，從各和詞中取以相較，於是萬樹詞律就根據這些材料，『愈信定格的不可輕亂』了。

**㈥促成豪放派的地位**　詞以婉約爲正宗，但亦有以豪放是崇的。南宋詞人，均承諸清眞的正統，發揚蹈厲，但總難出其範圍，超越他的成就。而豪放派的人，如辛幼安等，紹旨於東坡，甚而變本加厲，表現其獨特的更好的成績。這就造成了豪放派穩固的地位了。

㈦**詠物詞的風行** 清眞詞中的詠物詞，都是情景交融的作品，這影響於白石的詠梅，邦卿的詠燕，及碧山、夢窗、艸窗的詠物詞很大，他們刻意學清眞作品中人物的渾化。

㈧**字句益求雅鍊** 清眞詞大部分是措辭和雅的，間有些少俚俗語的混入，但已爲玉田所疵病，所以後人塡詞，益求字面的典雅了。

㈨**詞匠地位的形成** 樂府詞的復興，使樂工變爲樂官。因此頌諛之作日多，詞變爲「詞人之詞」(註二三)，品質日劣。周濟說：『北宋盛於文士而衰於樂工，南宋盛於樂工而衰於文士。』(註二四)詞的偏重音樂，便減低了他的文學價値了。

總之，清眞詞影響所及的結果，就是形式的着重。在好的方面來說，是使後人有個標準，知所遵循。我們知道，姜夔的精於音律，是步法他的後塵而至於成功的，但是周密、吳文英等人便只能盡刻意模仿的能事了。

註一 見陳亦峯白雨齋詞話

註二 見張祥齡詞論

註三 見陳銳褒碧齋詞話

註四 見沈祥龍論詞隨筆

註五 見吳梅詞學通論

註六 見張炎詞源

註七 見沈去矜塡詞雜說

註八 見王灼碧鷄漫志

註九 同註四

註一〇 同註一

註一一 見姜夔詞潔

註一二 見尹惟曉介存齋詞著

註一三 見陳郁藏一話腴

註一四 見陳質齋書錄解題

註一五 同註一

註一六 同註一

註一七　同註五
註一八　見蔣兆蘭詞說
註一九　同註五
註二〇　同註十三
註二一　見王國維人間詞話
註二二　見沈雄古今詞話
註二三　見王漁洋西圃詞說
註二四　見周濟介存齋論詞雜著

# 第八章　結　論

清眞先生是一位極富文學天才的詞學大家，他博覽百家羣書，並精於音律，善於鋪敍，且能善自度曲，想像豐圓，筆力頓挫雄渾，工於描寫景物，善採古詩句入詞。他兼具前一期各作家的長處；集北宋中期柳永、秦觀、賀鑄等人之大成，同時兼採花間派和晏、歐一些神髓，在詞史上，以宮庭詞人的地位，結束浪漫自由的作風，成爲格律派古典詞的建立者。

清眞詞雖以格律工筆見稱，但不能忽略除此之外，其用情之眞切，造境之優美，亦爲清眞詞之特色。詞在北宋，是從律絕的根源中加進了新樂的因素而蛻變出來的一種詩體，是從舊詩的變化中來配合新樂的一種新體詩。我讀清眞詞後，深深感到詞是詩和音樂之間的聯繫的一道橋梁。要詩中含音樂之美、樂中蘊文學之美，詞的研究實在是一件不可少的事，同時，對於這一座豐厚的文學寶庫——清眞詞更是值得深入探討的。

# 附錄 清眞詞集目次

## (一)情愛類

### (1)艷情及閨情

望江南 一落索 定風波 玉樓春又
鳳來朝 蝶戀花又 感皇恩 浣溪沙又
夜游宮 南鄉子 訴衷情 少年游
長相思 醉落魄 滿江紅 一剪梅
南柯子又 宴桃源又 長相思慢 意難忘
花心動 大有 萬里春 紅窗迥

看花回　玉團兒

(2)戀情

解連環　風流子　拜星月慢　鎖陽臺

過秦樓　塞垣春　丁香結　瑞鶴仙

氐州第一　玉樓春　夜游宮　四園竹

雙頭蓮　憶舊游　掃花游　法曲獻仙音

解蝶躞　瑞龍吟　看花迴　驀山溪樓起

(3)別情

長相思　浣溪沙　早梅芳又　虞美人又

浪淘沙慢　丹鳳吟　點絳脣　醉桃源

蘭陵王

(4)傷情

傷情怨　塞翁吟　霜葉飛　華胥引

玉樓春又　訴衷情　滿路花　感皇恩

(5)約會

歸去難　漁家傲　醉桃源　蝶戀花

玲瓏四犯　浣溪沙　迎春樂　虞美人

## ㈡友情類

綺寮怨　西平樂　木蘭花令　尉遲杯

六么令　蕙蘭芳引　迎春樂又　垂釣魚

夜飛鵲　瑣窗寒　齊天樂　關河令

## ㈢旅情類

宴清都　荔枝香近又　滿庭芳　渡江雲

應天長　菩薩蠻　蝶戀花　紅羅襖

還京樂　長相思又　解語花　繞佛閣

玉燭新　浣溪沙　點絳脣又　南浦

齊天樂　浪淘沙慢

㈣感慨類

一寸金　隔浦蓮近拍　六醜　大酺

月中行　少年遊　倒犯　鶴沖天又

西河又　瑞鶴仙　黃鸝繞碧樹　留客住

㈤詠物類

花犯　品令　醜奴兒　三部樂

側犯　水龍吟　南柯子　月下笛

滿路花　紅林檎近又

㈥鄉情類

訴衷情堤起　鎖陽臺　夜游宮客起　點絳脣

浣溪沙樓起　驀山溪　蘇幕遮　一落索

## ㈠情愛類

### ⑴艷情及閨情

**望江南**

歌席上，無賴是橫波，寶髻玲瓏攲玉燕，繡巾柔膩掩香羅，人好自宜多。無箇事，因甚斂雙蛾？淺淡梳妝疑見畫，惺鬆言語勝聞歌，何況會婆娑！

**一落索** 清眞集作洛陽春

眉共春山爭秀，可憐長皺。莫將淸淚濕花枝，恐花也如人瘦。　淸潤玉簫閑久，知音稀有。欲知日日倚欄愁，但問取亭前柳。

**定風波**

莫倚能歌斂黛眉，此歌能有幾人知？他日相逢花月底，重理。好聲須記得來時。苦恨城頭傳漏永，無情豈解惜分飛，休訴金樽推玉臂，從醉。明朝有酒遣誰持？

## 玉樓春

大堤花豔驚郎目，秀色穠華看不足。休將寶瑟寫幽懷，坐上有人能顧曲。平波落照涵頳玉，畫舸亭亭浮淡淥。臨分何以祝深情？只有別愁三萬斛。

## 又

玉奩收起新妝了，鬢畔斜枝紅裊裊；淺顰輕笑百般宜，試着春衫猶更好。裁金簇翠天機巧，不稱野人簪破帽。滿頭聊揷片時狂，頓減十年塵土貌。

## 鳳來朝 佳人

逗曉看嬌面，小窗深弄明未編。愛殘朱宿粉雲鬟亂，最好是帳中見。說夢雙蛾微斂，錦衾溫，酒香未斷，待起又如何拚，任日炙畫闌暖。

## 蝶戀花

美盼低迷情宛轉，愛雨憐雲，漸覺寬金釧。桃李香苞秋不展，深心黯黯誰能見？宋玉牆高纔一覘，絮亂絲繁，苦隔春風面，歌板未終風色便，夢爲蝴蝶留芳甸。

## 又

魚尾霞生明遠樹，翠壁黏天，玉葉迎風舉。一笑相逢蓬海路，人間風月如塵土。翦水雙眸雲鬟吐，醉倒天瓢，笑語生青霧。此會未闌須記取，桃花幾度吹紅雨。

## 感皇恩

露柳好風標，嬌鶯能語，獨占春光最多處，淺顰輕笑，未肯等閒分付，爲誰心子裡長長苦？ 洞房見說，雲深無路，憑仗青鸞道情素。酒空歌斷，又被濤江催去。怎向言不盡，愁無數！

### 浣溪沙

薄薄紗廚望似空，簟紋如水浸芙蓉，起來嬌眼未惺忪。 強整羅衣擡皓腕；更將紈扇掩酥胸。羞郎何事面微紅？

### 又

寶扇輕圓淺畫繒，象牀平穩細穿藤。飛蠅不到避壺冰。 翠枕面涼頻憶睡，玉簫手汗錯成聲。日長無力要人凭。

### 夜游宮

一陣斜風橫雨。薄衣潤，新添金縷。不謝鉛華更清素。倚筠窗，弄么絃，嬌欲語。小閣橫香霧，正年少，小娥愁緒。莫是栽花被花妒，甚春來，病懨懨，無會處？

## 南鄉子

晨色動妝樓，短燭熒熒悄未收。自在開簾風不定，颼颼，池面冰澌趁水流。早起怯梳頭，欲挽雲鬟又卻休。不會沉吟思底事，凝眸，兩點春山滿鏡愁。

## 訴衷情 殘杏

出林杏子落金盤，齒軟怕嘗酸，可惜半殘青紫，猶印小脣丹。 南陌上，落花閒，雨斑斑，不言不語，一段傷春，都在眉間。

## 少年游

并刀似水，吳鹽勝雪，纖指破新橙。錦幄初溫，獸香不斷，相對坐調笙。低聲問：『向誰行宿？城上已三更，馬滑霜濃，不如休去，直是少人行。』

### 長相思閨怨（或入別情）

馬如飛，歸未歸？誰在河橋見別離？修楊委地垂。掩面啼，人怎知？桃李成陰鶯哺兒，閑行春盡時。

### 醉落魄

葺金細弱，秋風嫩，桂花初著，蕊珠宮裡人難學，花染嬌荑，荑羞映翠雲幄。清香不與蘭蓀約，一枝雲鬢巧梳掠，夜涼輕撼薔薇萼，香滿衣襟，月在鳳凰閣。

### 滿江紅春閨

晝日移陰，攬衣起，春帷睡足。臨寶鑑，綠雲撩亂，未忺妝束。蝶粉蜂黃都褪了，枕痕一線紅生肉。背畫欄，脈脈悄無言，尋棊局。重會面，猶未卜。無限事，縈心曲。想秦箏依舊，尙鳴金屋。芳草連天迷遠望，寶香薰被成孤宿。最苦是蝴蝶滿園飛，無心撲。

## 一翦梅

一翦梅花萬樣嬌，斜插疏枝，略點眉梢，輕盈微笑舞低回，何事樽前，拍手相招？夜漸寒深酒漸消，袖裡時聞，玉釧輕敲。城頭誰恁促殘更，銀漏何如？且慢明朝。

## 南柯子

膩頸凝酥白，輕衫淡粉紅，碧油涼氣透簾櫳，指點庭花低映，雲母屏風。恨逐瑤琴寫，書勞玉指封，等閒贏得瘦儀容，何事不教雲雨，略下巫峰。

又

寶合分時菓，金盤弄賜冰，曉來階下按新聲，恰有一方明月可中庭。露下天如水，風來夜氣清，嬌羞不肯傍人行，颭下扇兒拍手，引流螢。

宴桃源

塵滿一絣文繡，淚濕領巾紅皺，初暎綺羅輕，腰勝武昌官柳。長晝長晝，閒臥午窗中酒。

又

門外迢迢行路，誰送郎邊尺素？巷陌雨餘風，當面濕花飛去。無緒無緒，閒處偷垂玉筯。

## 長相思慢

夜色澄明，天街如水，風力微冷簾旌。幽期再偶，坐久相看，才喜欲嘆還驚，醉眼重醒，映雕欄修竹，共數流螢，細語輕輕，儘銀臺掛蠟潛聽。　自初識伊來，便惜妖嬈豔質，美眄柔情。桃溪換世，鸞馭凌空，有願須成。游絲蕩絮，任輕狂相逐牽縈。但連環不解，難負深盟！

## 意難忘

衣染鶯黃。愛停歌駐拍，勸酒持觴。低鬟蟬影動，私語口脂香。檐露滴，竹風涼，拚劇飲淋浪。夜漸深，籠燈就月，子細端相。　知音見說無雙，解移宮換羽，未怕周郎。長顰知有恨，貪耍不成粧。些個事，惱人腸。試說與何妨？又恐伊，尋消問息，瘦減容光。

## 花心動

簾捲青樓，東風滿，楊花亂飄晴晝，蘭袂褪香，羅帳褰紅，繡枕旋移相就。海棠花謝春融暖，偎人恁，嬌波頻溜，象床穩，鴛衾謾展，浪翻紅縐。　一夜情濃似酒，香汗漬鮫綃，幾番微透。鸞困鳳慵，婭姹雙眼，畫也畫應難就。問伊可煞於人厚？梅萼露，臙脂檀口，從此後，纖腰爲郎管瘦！

## 大有（恐係僞作）

仙骨清羸，沈腰憔悴，見傍人，驚怪清瘦。柳無言，雙眉盡日齊鬥。都緣薄倖賦情淺，許多時不成惟偶，幸自也總由他，何須負這心口？令人恨，行坐兕，斷了更思量，沒心永守。前日相逢，又早見伊仍舊，卻更被溫存後，都忘了，當時僝僽，便搊撮，九百身心，依前待有。

萬里春

千紅萬翠，簇定清明天氣。爲憐他種種清香，好難爲不醉。我愛深如你，我心在、個人心裡，便相看，老卻春風，莫無些歡意。

紅窗迥

幾日來，眞個醉，不知道窗外亂紅已深半指，花影被風搖碎。擁春酲乍起，有個人生得濟楚，來向耳畔問道：『今朝醒未？』情性兒慢騰騰地，惱得人又醉。

看花迥 詠眼

秀色芳容明眸，就中奇絕，細看豔波欲溜。最可惜微重，紅銷輕帖，勻朱傳粉，幾爲嚴妝，時涴睫，因箇甚，底死嗔人，半餉斜眄費貼燮。斗帳裡，濃懽意愜，帶困時，似開微合。曾倚高樓望遠，自笑指頻閧，知他誰說，那日分飛，淚雨縱橫光映頰，揾香羅恐揉損，與他衫袖裛。

玉團兒

鉛華淡竚新粧束，好風韻，天然異俗。彼此知名，雖然初見，情分先熟。鑪煙淡淡雲屏曲，睡半醒，生香透肉，賴得相逢，若還虛度，生世不足。

## ⑵戀情

解連環 怨別

怨懷無託，嗟情人斷絕，信音遼邈。縱妙手、能解連環，似風散兩收，霧輕雲薄。燕子樓空，暗塵鎖、一床弦索。想移根換葉，盡是舊時，手種紅藥。 汀洲漸生杜若。料舟移岸曲，人在天角。謾記得、當日音書，把閒語閒言，待總燒卻。水驛春迴，望寄我、江南梅蕚。拚今生、對花對酒，爲伊淚落。

風流子

新綠小池塘，風簾動，碎影無斜陽。羨金屋去來，舊時巢燕；土花繚繞，前度莓牆。繡閣裏，鳳幃深幾許？聽得理絲簧。欲說又休，慮乖芳信；未歌先咽，愁近清商（觴）。　遙知新粧了，開朱戶，應自待月西廂。最苦夢魂，今宵不到伊行。問甚時說與佳音密耗？寄將秦鏡，偷換韓香。天便教人，霎時厮見何妨！

拜星月慢

夜色催更，清塵收露，小曲幽坊月暗。竹檻燈窗，識秋娘庭院。笑相遇，似覺瓊枝玉樹相倚，暖日明霞光爛。水盼蘭情，總平生稀見。　畫圖中、舊識春風面，誰知道、自到瑤臺畔。眷戀雨潤雲溫，苦驚風吹散。念荒寒、寄宿無人館，重門閉，敗壁秋蟲嘆。怎奈向、一縷相思，隔溪山不斷。

鎖陽臺

花撲鞭鞘，風吹衫袖，馬蹄初趁輕裝。都城漸遠，芳樹隱斜陽。未慣羈遊况味，征鞍上，滿目淒涼。今宵裏，三更皓月，愁斷九廻腸。佳人何處去？別時無計，同引離觴。但惟有相思，兩處難忘。去卽十分去也，如何向？千種思量？凝眸處，黃昏畫角，天遠路岐長。

過秦樓一作選官子，又作惜餘春慢。

水浴清蟾，葉喧涼吹，巷陌馬聲初斷。閒依露井，笑撲流螢，惹破畫羅輕扇。人靜夜久凭欄，愁不歸眠，立殘更箭。嘆年華一瞬，人今千里。夢沉書遠。空見說，鬢怯瓊梳，容消金鏡，漸懶趁時勻染。梅風地溽，虹雨苔滋，一架舞紅都變。誰信無聊爲伊？才減江淹，情傷荀倩。但明河影下，還看稀星數點。

## 塞垣春

暮色分平野；傍葦岸，征帆卸。煙村極浦，樹藏孤館，秋景如畫。漸別離氣味，難奈也，更物象，供瀟灑！念多才，渾衰減，一懷幽恨難寫！追念綺窗人，天然自風韻閑雅。竟夕起相思，謾嗟怨遙夜；又還將兩袖珠淚，沈吟向寂寥寒燈下。玉骨爲多感，瘦來無一把。

## 丁香結

蒼蘚沿階，冷螢黏屋，庭樹望秋先隕。漸雨凄風迅，澹莫色，倍覺園林清潤。漢姬紈扇在，重吟玩，棄擲未忍。登山臨水，此恨自古銷磨不盡。牽引，記試酒歸時，對月同看雁陣，寶幄香纓，薰爐象尺，夜寒燈暈。誰念留滯故國，舊事勞方寸？唯丹青相伴，那更塵昏蠹損。

瑞鶴仙

暖煙籠細柳，弄萬縷千絲。年年春色，晴風蕩無際。濃於酒，偏醉情人詞客。闌干倚處，度花香，微散酒力。對重門半掩，黃昏淡月，院宇深寂。愁極！因思前事，洞房佳宴，正值寒食，尋芳遍賞金谷里，銅陁陌，到如今，魚雁沉沉無信息，天涯常是淚滴。早歸來，雲館深處，那人正憶。

氐州第一

波落寒汀，村渡向晚，遙看數點帆小。落葉翻鴉，驚風破雁，天角孤雲縹緲。宮柳蕭疎，甚尙挂微微殘照。景物關情，川途換目，頓來催老。漸解狂朋歡意少，奈猶被思牽情繞，坐上琴心，機中錦字，覺最縈懷抱。也知人懸望久，薔薇謝，歸來一笑。欲夢高唐未成眠，霜空已曉。

## 玉樓春

玉琴虛下傷心淚，只有文君知曲意。簾烘樓迫月宜人，酒暖香融春有味。

萋萋芳艸迷千里，惆悵王孫行未已，天涯回首一銷魂，二十四橋歌舞地。

## 夜游宮

葉下斜陽照水，捲輕浪，沉沉千里。橋上酸風射眸子，立多時，看黃昏燈火市。

古屋寒窗底，聽幾片井桐飛墜。不戀單衾再三起，有誰知，爲蕭娘，書一紙。

## 四園竹

浮雲護月，未放滿朱扉，鼠搖暗壁，螢度破窗，偷入書幃。秋意濃，閒竚立，庭柯影裏，好風襟袖先知。

夜何其，江南路繞重山。心知漫與前期，奈向燈前墮淚，腸斷蕭娘，舊日書辭猶在紙，鴈信絕，淸宵夢又稀。

## 雙頭蓮

一抹殘霞，幾行新雁。天染斷紅，雲迷陣影。隱約望中，點破晚空澄碧，助秋色。門掩西風，橋橫斜照。青翼未來，濃塵自起。咫尺鳳幃，合有人相識。歎乖隔，知甚時恣與，同携歡適？度曲傳觴，並韉飛轡，綺陌畫堂連夕。樓頭千里，帳底三更，盡堪淚滴。怎生向，總無聊，但只聽消息。

## 憶舊游

記愁橫淺黛，淚洗紅鉛，門掩秋宵。墜葉驚離思，聽寒螿夜泣，亂雨瀟瀟。鳳釵半脫雲鬢，窗影燭花搖，漸暗竹敲涼，疎螢照曉，兩地魂消。迢迢，問音信，道逕底花陰，時認鳴鑣。也擬臨朱戶，嘆因郎顦顇，羞見郎招。舊巢更有新燕，楊柳拂河橋。但滿眼京塵，東風竟日吹露桃。

## 掃花游

曉陰翳日，正霧靄煙橫，遠迷平楚，暗黃萬縷，聽鳴禽按曲，小腰欲舞。細繞回堤，駐馬河橋避雨。信流去，一葉怨題，今在何處？春事能幾許？任占地持盃，掃花尋路，涙珠濺俎。嘆將愁度日，病傷幽素。恨入金徽，見說文君更苦。黯凝竚，掩重關，偏城鐘鼓。

## 法曲獻仙音

蟬咽涼柯，燕飛塵幕，漏閣籤聲時度。倦脫綸巾，困便湘竹，桐陰半浸庭戶，向抱影、凝情處，時聞打窗語。耿無語，歎文園，近來多病，情緒懶，尊酒易成閒阻。縹緲玉京人，想依然京兆眉嫵。翠幙深中，對徽容，空在紈素。待花前月下，見了不教歸去。

## 解蹀躞 秋思

候館丹楓吹盡，面旋隨風舞。夜寒霜月飛來伴孤旅，還是獨擁秋衾。夢餘酒困都醒，滿懷離苦。甚情緒，深念凌波微步。幽房暗相遇。淚珠都作秋宵枕前雨。此恨音驛難通，待憑征雁歸時，帶將愁去。

## 瑞龍吟

章臺路，還見褪粉梅梢，試花桃樹。愔愔坊陌人家，定巢燕子，歸來舊處。黯凝佇，因念箇人癡小，乍窺門戶。侵晨淺約宮黃，障風映袖，盈盈笑語。前度劉郎重到，訪鄰尋里，同時歌舞，唯有舊家秋娘，聲價如故。吟牋賦筆，猶記燕臺句。知誰伴，名園露飲，東城閒步。事與孤鴻去，探春盡是傷離意緒。官柳低金縷，歸騎晚、纖纖池塘飛雨。斷腸院落，一簾風絮。

看花迴

薰風初散輕唆，露景澄潔，秀蕋乍開乍斂，帶雨態煙痕，春思迂結，危弦弄響，來去驚人鶯語滑，無賴處，麗日樓臺，亂絲岐路總奇絕。何計解，黏花繫月？歎冷落頓辜佳節，猶有當時氣味。挂一縷相思，不斷如髮。雲飛帝國，人在雲邊心暗折。語東風，共流轉，謾作匆匆別。

蕎山溪

樓前疎柳，柳外無窮路。翠色四天垂，數峯青，高城濶處。江湖病眼，偏向此山明，愁無語，空凝竚，兩兩昏鴉去。平康巷陌，往事如花雨。十載卻歸來。倦追尋，酒旗戲鼓。今宵幸有人似月嬋娟。霞袖舉，杯深注，一曲黃金縷。

(3)別情

長相思

舉離觴，掩洞房，箭水冷冷刻漏長，愁中看曉光。整羅裳，脂粉香，見掃門前車上霜，相持泣路傍。

浣溪沙

貪向津亭擁去車，不辭泥雨濺羅襦，淚多脂粉了無餘。酒釅未須令客醉，路長終是少人扶，早教幽夢到華胥。

芳艸渡

昨夜裡，又再宿桃源。醉邀仙侶，聽碧窗風快，疎簾半捲疏雨。多少離恨苦？方流連啼訴，鳳帳曉，又是匆匆，獨自歸去。愁覩。滿懷淚粉，瘦馬衝泥尋去路。謾回首，煙迷望眼，依稀見朱戶。似癡似醉，暗惱損，凭欄情緒，澹暮色，看盡棲鴉亂舞。

早梅芳

花竹深，房櫳好，夜闃無人到。隔窗寒雨，向壁孤燈弄餘照。淚溼羅衫重，意密鶯聲小。正魂驚夢怯，門外已知曉。去難留，話未了，早促登長道。風披宿霧，露洗初陽射林表。亂愁迷遠覽，苦語縈懷抱。謾回頭，更堪歸路杳！

又

繚牆深，叢竹繞，宴席臨清沼。微呈纖履，故隱烘簾自嬉笑，粉香粧暈薄，帶緊腰圍小。看鴻驚鳳翥，滿座嘆輕妙。酒醒時，會散了，回首城南道，河陰高轉，露脚斜飛，夜將曉。異鄉奄歲月，醉眼迷登眺。路迢迢，恨滿千里草。

虞美人

金閨平帖春雲暖，晝漏花前短。玉顏酒解豔紅消，一向捧心啼困不成嬌。
別來新翠迷行徑，窗鎖玲瓏影。砑綾小字夜來封，斜倚曲欄，凝睇數歸鴻。

又

燈前欲去仍留戀，腸斷朱扉遠。未須紅雨洗香腮，待得薔薇花謝便歸來。
舞腰歌板閒時按，一任旁人看。金罏應見舊殘煤，莫使恩情容易似寒灰。

浪淘沙慢 恨別

晝陰重，霜凋岸草，霧隱城堞。南陌脂車待發，東門帳飲乍闋。正拂面垂楊堪攬結，掩紅淚，玉手親折。念漢浦離鴻去何許？經時信音絕。情切，望中地遠天濶，向露冷風清無人處，耿耿寒漏咽。嗟萬事難忘，唯是輕別。翠尊未竭，憑斷雲留取，西樓殘月。羅帶光消紋衾疊。連環解、舊香頓歇。怨歌永、瓊壺敲盡缺。恨春去、不與人期，弄夜色、空餘滿地梨花雪。

## 丹鳳吟 春恨

迤邐春光無賴，翠藻翻池，黃蜂游閣。朝來風暴，飛絮亂投簾幕。生憎暮景，倚牆臨岸。杏靨夭邪，榆錢輕薄。晝永惟思傍枕，睡起無憀，殘照猶在亭角。況是別離氣味，坐來但覺心緒惡。痛飲澆愁酒，奈愁濃如酒，無計銷鑠。那堪昏瞑，簌簌半簷花落。弄粉調朱柔素手，問何時重握？此時此意，長怕人道著。

## 點絳脣

孤館迢迢，暮天草露霑衣潤，夜來秋近，月暈通風信。今日源頭，黃葉飛成陣。知人問，故來相趁，共結臨岐恨。

## 醉桃源 一作阮郎歸

冬衣初染遠山青，雙絲雲雁綾。夜來寒袖濕欲成冰，都緣珠淚零。　情黯黯，悶騰騰，身如秋後蠅。若教隨馬逐郎行，不辭多少程。

蘭陵王 詠柳

柳陰直，煙裏絲絲弄碧。隋堤上、曾見幾番，拂水飄綿送行色。登臨望故國，誰識京華倦客？長亭路、年去歲來！應折柔條過千尺。　閒尋舊蹤跡，又酒趁哀弦，燈照離席，梨花榆火催寒食。愁一箭風快，半篙波暖，回頭迢遞便數驛，望人在天北。　悽惻，恨堆積。漸別浦縈迴，津堠岑寂，斜陽冉冉春無極。念月榭携手，露橋聞笛。沉思前事，似夢裏，淚暗滴。

(4) 傷情

傷情怨

枝頭風信漸小。看莫鴉飛了。又是黃昏，閉門收返照。　江南人去路渺，信未通，愁已先到。怕見孤燈，霜寒催睡早。

## 塞翁吟 夏景

暗葉啼風雨，窗外曉色瓏璁，散水麝，小池東，亂一岸芙蓉，蘄州簟展雙紋浪，輕帳翠縷如空，夢遠別，淚痕重，淡鉛臉斜紅。忡忡，嗟憔悴，新寬帶結，羞豔冶，都消鏡中。有蜀紙堪憑寄恨，等今夜，灑血書辭，剪燭親封。菖蒲漸老，早晚成花，教見薰風。

## 霜葉飛

露迷衰草，疎星掛，凉蟾低下林表。素娥青女鬬嬋娟，正倍添悽悄。漸颯颯丹楓撼曉，橫天雲浪魚鱗小。似故人相看，又透入，清輝半餉，特地留照。迢遞望極關山，波穿千里，度日如歲難到。鳳樓今夜聽秋風，奈五更愁抱。想玉匣哀弦閉了，無心重理相思調。見皓月牽離恨。屏掩孤顰，淚流多少。

## 華胥引

川原澄映，煙月冥濛，去舟如葉。岸足沙平，蒲根水冷，留雁唼。別有孤角吟秋，對曉風鳴軋。紅日三竿，醉頭扶起還怯。　離思相縈，漸看看，鬢絲堪鑷。舞衫歌扇，何人輕怜細閱?點檢從前恩愛，但鳳牋盈篋。愁剪燈花，夜來和淚雙疊。

## 玉樓春 即木蘭花令

當時携手城東道，月墮簷牙人睡了。酒邊誰使客愁輕?帳底不教春夢到。
別來人事如秋草，應有吳霜侵翠葆。夕陽深鎖綠苔門，一任盧郎愁裡老。

## 又

桃溪不作從容住，秋藕絕來無續處。當時相候赤欄橋，今日獨尋黃葉路。

煙中列岫青無數，雁背夕陽紅欲暮。人如風後入江雲，情似雨餘黏地絮。

## 訴衷情

當時選舞萬人長，玉帶小排方，喧傳京國聲價，年少最無量。　花閣迥，酒筵香，想難忘。而今何事，佯向人前，不認周郎。

## 滿路花 多景

簾烘淚雨乾，酒壓愁城破。冰壺防飲渴，培殘火。朱消粉褪，絕勝新梳裹。不是寒宵短，日上三竿，殢人猶要同臥。　如今多病，寂寞章臺左。黃昏風弄雪，門深鎖。蘭房密愛，萬種思量過。也須知有我，著甚情悰，但你忘了人呵！

## 感皇恩

小閣倚晴空，數聲鐘定，斗柄垂寒莫天靜。朝來殘酒，又被春風吹醒。眼前猶認得，當時景。往事舊懽，不堪重省。自嘆多愁更多病，綺窗依舊，敲遍闌干誰應？斷腸明月下，梅搖影。

## ⑸約會

### 歸去難 期約

佳約人未知，背地伊先變，惡會稱停事，看深淺，如今信我，委的論長遠。好彩無可怨，自合教伊，因些事後分散。密意都休，待說先腸斷；此恨除非是天相念。堅心更守，未死終相見。多少閑磨難，到得其時，知他做甚頭眼。

### 漁家傲

灰暖香融消永晝，蒲萄架上春藤秀，曲角欄干羣雀鬥。清明後，風梳萬縷亭前柳。日照釵梁光欲溜，循階竹粉霑衣袖。拂拂面紅新着酒，沉吟久，昨宵正是來時候。

醉桃源

菖蒲葉老水平沙，臨流蘇小家。畫欄曲徑宛秋蛇，金英垂露華。燒密炬，引蓮娃，酒香醺臉霞。再來重約日西斜，倚門聽暮鴉。

蝶戀花

小閣陰陰人寂後，翠幙褰風，燭影搖疎牖。夜半霜寒初索酒，金刀正在柔荑手。粉薄絲輕光欲透，小葉尖新，未放雙眉秀。記得長條垂鷁首，別離情味還依舊。

玲瓏四犯

穠李夭桃，是舊日潘郎，親試春豔。自別河陽，長負露房。煙臉顰頦，鬢點吳霜。細念想，夢魂飛亂，嘆畫欄玉砌都換，纔始有緣重見。夜深偷展香羅薦，暗窗前，醉眠葱蒨。浮花浪蕊都相識，誰更曾擡眼？休問舊色舊香，但認取芳心一點。奈又片時，一陣風雨惡，吹分散！

浣溪沙

不爲蕭娘舊約寒，何因容易別長安？預愁衣上粉痕乾。幽閣深沉燈焰喜；小鑪鄰近酒杯寬，爲君門外脫歸鞍。

迎春樂 攜妓

人人豔色明春柳，憶筵上，偷攜手，趁歌停舞歇來相就。『醒醒箇，無些酒。』比目香囊新刺繡，連隔座一時薰透。爲甚月中歸，長是他隨車後？

虞美人

淡雲籠月松溪路，長記分携處，夢魂連夜遶松溪，此夜相逢，恰是夢中時。
海山陡覺風光好，莫惜金罇倒。柳花吹雪燕飛忙，生怕扁舟歸去斷人腸。

## ㈡友情類

### 綺寮怨

上馬人扶殘醉，曉風吹未醒。映水曲、翠瓦朱簷。垂楊裏、乍見津亭。當時曾題敗壁，蛛絲罩、淡墨苔暈青。念去來、歲月如流。徘徊久、嘆息愁思盈。
去去倦尋路程。江陵舊事，何曾再問楊瓊。舊曲淒清，斂愁黛、與誰聽？樽前故人如在，想念我、最關情。何須渭城？歌聲未盡處，先淚零。

### 西平樂

穉柳蘇晴，故溪歇雨，川迥未覺春賒。駝褐寒侵，正憐初日，輕陰抵死須遮。歎事逐孤鴻去盡，身與塘蒲共晚。爭知，向北征途，區區竚立塵沙。追念朱顏翠髮，曾到處，故地使人嗟。道連三楚，天低四野，喬木依前，臨路欹斜。重慕想：東陵晦迹，彭澤歸來，左右琴書自樂，松菊相依，何況風流鬢未華。多謝故人，親馳鄭驛，時倒融尊，勸此淹留，共過芳時，翻令客思家。

木蘭花令 暮秋餞別

郊原雨過金英秀，風掃霜威寒入袖。感君一曲斷腸歌，勸我十分和淚酒。古道塵清榆柳瘦，繫馬郵亭人散後。今宵燈盡酒醒時，可惜朱顏成皓首。

尉遲杯 離別

隋堤路，漸日晚，密靄生煙樹。陰陰淡月籠沙，還宿河橋深處。無情畫舸，都不管、煙波隔前浦。等行人、醉擁重衾，載將離恨歸去。因思舊客京華，長偎傍、疎林小檻歡聚。冶葉倡條俱相識，仍慣見、珠歌翠舞。如今向、漁村水驛，夜如歲、焚香獨自語。有何人、念我無聊？夢魂凝想鴛侶。

六幺令 重陽

快風收雨，亭館清殘燠。池光靜橫秋影；岸柳如新沐。聞道宜城酒美，昨日新醅熟。輕鑣相逐，衝泥策馬，來折東籬半開菊。華堂花豔對列，一一驚郎目。歌韵巧共泉聲，間雜琮琤玉。惆悵周郎已老，莫唱當時曲。幽歡難卜，明年誰健？更把茱萸再三囑。

蕙蘭芳引 秋懷

寒瑩晚空，點青鏡，斷霞孤鶩。對客館深扃。霜艸未衰更綠。倦遊厭旅，但夢繞阿嬌金屋。想故人別後，盡日空疑風竹。塞北氍毹；江南圖障。是處溫燠，更花管雲牋，猶寫寄情舊曲。音塵迢遞，但勞遠目。今夜長，爭奈枕單人獨。

迎春樂

清池小圃雲開屋，結春伴，往來熟。憶年時縱酒盃行速。看月上歸禽宿。牆裡修篁森似束，記名字，曾刊新綠。見說別來長，沿翠蘚，封寒玉。

又

桃蹊柳曲閒蹤跡，俱曾是，大堤客。解春衣，貰酒城南陌，頻醉臥，胡姬側。鬢點吳霜嗟早白。更誰念，玉溪消息，他日水雲身，相望處，無南北。

垂釣絲

縷金翠羽，粧成纔見眉嫵。倦倚繡簾，看舞風絮愁幾許？寄鳳絲雁柱。春將暮，向層城苑路，鈿車如水。時時花徑相遇，舊遊伴侶，還到曾來處。門掩風和雨，梁間燕語，問那人在否？

### 夜飛鵲 別情

河橋送人處，涼夜何其，斜月遠、墮餘輝。銅盤燭涙已流盡，霏霏涼露霑衣。相將散離會，探風前津鼓，横杪參旗。花驄會意，縱揚鞭、亦自行遲。　迢遞路回清野，人語漸無聞，空帶愁歸。何意重經前地，遺鈿不見，斜逕都迷。兎葵燕麥，向殘陽，欲與人齊。但徘徊班草，欷歔酹酒，極望天西。

### 瑣窗寒 寒食

暗柳啼鴉，單衣佇立，小簾朱戶。桐花半畝，靜鎖一庭愁雨。灑空堦，夜闌未休。故人剪燭西窗語，似楚江暝宿，風燈零亂，少年羈旅。　遲暮，嬉遊處，正店舍無煙，禁城百五。旗亭喚酒，付與高陽儔侶。想東園、桃李自春，小脣秀靨今在否？到歸時，定有殘英，待客携尊俎。

齊天樂

綠蕪彫盡臺城路，殊鄉又逢秋晚。暮雨生寒，鳴蛩勸織，深閣時聞裁剪。雲窗靜掩，嘆重拂羅裀，頓疎花簟，尚有練囊，露螢清夜照書卷。荆江留滯最久，故人相望處；離思何限。渭水西風，長安亂葉，空憶詩情宛轉。凭高眺遠，正玉液新篘，蟹螯初薦，醉倒山翁，但愁斜照歛。

關河令 清商怨

秋陰時晴，漸向暝，變一庭淒冷。佇聽寒聲，雲深無雁影。更深人去寂靜，但照壁、孤燈相映。酒已都醒，如何消夜永？

## (三)旅情類

宴清都

地僻無鐘鼓，殘燈滅，夜長人倦難度。寒吹斷梗，風翻暗雪，灑窗塡戶。賓鴻謾說傳書，算過盡千儔萬侶，始信得，庾信愁多；江淹恨極須賦。淒涼病損文園，徽弦乍拂，音韻先苦。淮山夜月；金城暮草，夢魂飛去，秋霜半入清鏡，嘆帶眼都移舊處。更久長不見文君，歸去認否？

## 荔枝香近

照水殘紅零亂，風喚去。盡日惻惻輕寒，簾底吹香霧。黃昏客枕無憀，細響當窗雨。閒看，兩兩相依燕新乳。 樓下水，漸漲遍行舟浦。暮往朝來，心逐片帆輕擧。何日迎門，小檻朱籠報鸚鵡，共剪西窗蜜炬。

## 又

夜來寒侵酒席，露微泫，舄履初會，香澤方薰，無端暗雨催人，但怪燈卷偏簾，回顧，始覺驚鴻去遠。 大都世間最苦惟聚散。到得春殘，看卽是開離宴。

細思別後，柳眼花鬚更誰剪。此懷何處消遣。

## 滿庭芳 夏日溧水無想山作

風老鶯雛，雨肥梅子，午陰佳樹清圓。地卑山近，衣潤費鑪煙。人靜烏鳶自樂，小橋外，新淥濺濺。凭欄久，黃蘆苦竹，擬泛九江船。　年年，如社燕，飄流瀚海，來寄修椽。且莫思身外，長近尊前。憔悴江南倦客，不堪聽，急管繁弦。歌筵畔，先安簟枕，容我醉時眠。

## 渡江雲

晴嵐低楚甸，暖回雁翼，陣勢起平沙。驟驚春在眼，借問何時，委曲到山家？塗香暈色，盛粉飾，爭作妍華。千萬絲，陌頭楊柳，漸漸可藏鴉。　堪嗟，清江東注，畫舸西流，指「長安」日下。愁宴闌，風翻旗尾，潮濺烏紗。今宵正對初弦月，傍水驛，深艤蒹葭。沉恨處，但時時自剔燈花。

## 應天長

條風布暵，霏霧弄晴，池塘徧滿春色。正是夜堂無月，沉沉暗寒食。梁間燕前社客，似笑我閉門愁寂。亂花過，隔院芸香，滿地狼藉。　長記那回時，邂逅相逢，郊外駐油壁。又見漢宮傳燭，飛煙五侯宅。青青草，迷路陌。強載酒，細尋前迹。市橋遠，柳下人家，猶自相識。

## 菩薩蠻

銀河宛轉三千曲，浴鳧飛鷺澄波淥。何處望歸舟？夕陽江上樓！　天憎梅浪發，故下封枝雪。深院捲簾看，應憐江上寒！

## 蝶戀花（或入友情類）

桃萼新香梅落後，葉暗藏鴉，冉冉垂亭牖。舞困低迷如著酒，亂絲偏近遊人手。兩過朦朧斜日透，客舍青青，特地添明秀。莫話揚鞭回別首，渭城荒遠無交舊。

### 紅羅襖

畫燭尋歡去，羸馬載愁歸。念取東壚，罇罍雖近。採花南浦，蜂蝶須知。自分袂，天闊鴻稀，空懷夢約心期。楚客憶江蘺，算宋玉未必爲秋悲。

### 還京樂

禁煙近，觸處浮香秀色相料理。正泥花時候，奈何客裡，光陰虛費。望箭波無際，迎風漾日黃雲委。任去遠，中有萬點相思清淚，到長淮底，過當時樓下，慇勤爲說春來羇旅況味。堪嗟！誤約乖期。向天涯，自看桃李。想如今，應恨墨盈牋，斜粧照水。怎得青鸞翼，飛歸教見憔悴。

## 長相思 舟中作

好風浮，晚雨收，林葉陰陰映鷁舟，斜陽明倚樓。　黯凝眸，憶舊遊，艇子扁舟來莫愁，石城風浪秋。

## 又

沙棠舟，小棹遊，池水澄澄人影浮，錦鱗遲上鈎。　煙雲愁，簫鼓休，再得來時已變秋，欲歸須少留。

## 解語花 上元

風銷焰蠟，露浥烘鑪，花市光相射。桂華流瓦，纖雲散、耿耿素娥欲下，衣裳淡雅，看楚女、纖腰一把。簫鼓喧、人影參差，滿路飄香麝。　因念都城放夜，望千門如畫。嬉笑遊冶，鈿車羅帕，相逢處、自有暗塵隨馬。年光是也、唯只見、舊情衰謝。清漏移，飛蓋歸來，從舞休歌罷。

## 繞佛閣 旅況（或入友情類）

暗塵四斂，樓觀迥出，高映孤館。清漏將短，厭聞夜久籤聲，動書幔，桂華又滿。閒步露草，偏愛幽遠。花氣清婉，望中迤邐，城陰度河岍。倦客最蕭索，醉倚斜橋穿柳線，還似汴堤，虹梁橫水面。看浪颭春燈，舟下如箭，此行重見。嘆故友難逢，羈思空亂。兩眉愁，向誰行展？

## 玉燭新 早梅

溪源新臘後。見數朵江梅，剪裁初就。暈酥砌玉芳英嫩，故把春心輕漏。前村昨夜，想弄月黃昏時候。孤岸峭，疎影橫斜，濃香暗沾襟袖。　樽前賦與多才，問嶺外風光，故人知否？壽陽謾鬥，終不似、照水一枝清瘦。風嬌雨秀，好亂插繁華盈首。須信道、羗管無情，看看又奏。

## 浣溪沙

日薄塵飛官路平，眼明喜見汴河傾，地遙人倦莫兼程。下馬先尋題壁字；出門閒記傍村名，早收燈火夢傾城。

## 點絳脣

征騎初停，酒行莫放離歌擧。柳汀蓮浦，看盡江南路。苦恨斜陽，冉冉催人去。空回顧，淡煙橫素，不見揚鞭處。

## 又

臺上披襟，快風一瞬收殘雨。柳絲輕擧，蛛網黏飛絮。極目平蕪，應是春歸處。愁凝竚，楚歌聲苦，村落黃昏鼓。

## 南浦

淺帶一帆風，向晚來，扁舟穩下南浦。迢遞阻瀟湘，衡皐迴。斜艤蕙蘭汀渚。危牆影裡，斷雲點點遙天暮。菡萏裏，風偷送清香，時時微度。吾家舊有簪纓，甚頓作天涯，經歲羈旅？羌管怎知情？煙波上、黃昏，萬斛愁緒，無言對月皓彩千里人何處？恨無鳳翼身，只待而今，飛將歸去。

齊天樂 端午

疎疎幾點黃梅雨，佳節又逢重午。角黍包金，香蒲泛玉，風物依然荆楚。形裁艾虎，更釵裊朱符，臂纏紅縷，撲粉香綿，喚風綾扇小窗午。沉湘人去已遠，勸君休對景，感時懷古。慢囀鶯喉，輕敲象板，勝讀離騷章句。荷香暗度，漸引入醄醄，醉鄉深處，臥聽江頭，畫船喧韵鼓。

浪淘沙慢

萬葉戰，秋聲露結，雁度砂磧。細草和煙尚綠，遙山向晚更碧。見隱隱雲邊新月白，映落照，簾幕千家。聽數聲何處倚樓笛，裝點盡秋色。　脈脈旅情暗自消釋，念珠玉臨水猶悲感，何況天涯客？憶少年歌酒當時蹤跡，歲華易老，衣帶寬，懊惱心腸終窄。飛散後，風流人阻，藍橋約，悵悵路隔。馬蹄過，猶嘶舊巷陌。嘆往事，一一堪傷。曠望極，凝思又把闌干拍。

## (四)感慨類

### 一寸金　新定詞

州夾蒼崖，下枕江山是城郭。望海霞接日，紅翻水面，晴風吹草，青搖山脚。波暖鳧鷖作，沙痕退，夜潮正落。疎林外，一點炊煙。渡口參差正寥廓，自歎勞生，經年何事，京華信漂泊。念渚蒲汀柳，空歸閑夢。風輪雨檝，終辜前約。情景牽心眼，流連處，利名輕薄。回頭謝、冶葉倡條，便入漁釣樂。

隔浦蓮 中山縣圃姑射亭避暑作

新篁搖動翠葆，曲徑通深窈。夏果收新脆，金丸落驚飛鳥，濃翠迷岸草。蛙聲鬧，驟雨鳴池沼。 水亭小，浮萍破處，簾花簷影顚倒。綸巾羽扇，困臥北窗清曉，屏裏吳山夢自到，驚覺，依然身在江表。

六醜 薔薇謝後作（或入詠物類）

正單衣試酒，恨客裏，光陰虛擲。願春暫留，春歸如過翼，一去無迹。爲問花何在？夜來風雨，葬楚宮傾國，釵鈿墮處遺香澤。亂點桃蹊，輕翻柳陌，多情爲誰追惜？但蜂媒蝶使，時叩窗隔。 東園岑寂，漸蒙籠暗碧。靜繞珍叢底，成歎息。長條故惹行客，似牽衣待話，別情無極。殘英小、強簪巾幘，終不似、一朶釵頭顫裊，向人欹側。漂流處，莫趁潮汐；恐斷鴻尙有相思字，何由見得？

大酺 春雨

對宿煙收，春禽靜，飛雨時鳴高屋。牆頭青玉旆，洗鉛霜都盡，嫩梢相觸。潤逼琴絲，寒侵枕障，蟲網吹黏簾竹。郵亭無人處，聽簷聲不斷，困眠初熟。奈愁極頻驚，夢輕難記，自憐幽獨。　行人歸意速，最先念，流潦妨車轂。怎奈向蘭成憔悴，衞玠清羸。等閒時，易傷心目。未怪平陽客，雙淚落，笛中哀曲。況蕭索、青蕪國；紅糝鋪地，門外荆桃如菽。夜遊共誰秉燭。

## 月中行（或入閨情類）

蜀絲趁日染乾紅，微暖口脂融。博山細篆靄房櫳，靜看打窗蟲。　愁多膽怯疑虛幕，聲不斷，暮景疎鐘。團圞四壁小屏風，淚盡夢魂中。

## 少年遊

檐牙縹緲小倡樓，涼月挂銀鉤。聒席笙歌，透簾燈火，風景似揚州。　當時面色欺春雪，曾共美人游。今日重來，更無人問，獨自倚欄愁。

倒犯 一作吉了犯詠月

霽景對霜蟾乍昇，素煙如掃，千林夜縞。徘徊處，漸移深窈。何人正弄？孤影蹁躚，西窗悄。冒露冷貂裘，玉斝邀雲表，共寒光，飲淸醥。淮左舊遊，記送行人，歸來山路窵。駐馬望素魄，印遙碧金樞小，愛秀色秋娟好。念漂浮，緜思遠道。料異日宵征，必定還相照。奈何人自老！

鶴冲天 漂水長壽鄉作

梅雨霽，暑風和，高柳亂蟬多。小園臺榭遠池波，魚戲動新荷。薄紗窗，輕羽扇，枕冷簟涼深院。此時情緒此時天，無事小神仙。

又

白角簟，碧紗厨，梅雨乍晴初。謝家池畔正淸虛，香散嫩芙蕖。日流金，風解愠，一弄素琴歌韻。慢搖紈扇訴花牋，吟待晚涼天。

## 西河 金陵懷古

佳麗地，南朝盛事誰記？山圍故國繞清江，髻鬟對起，怒濤寂寞打孤城，風檣遙度天際。斷崖樹，猶倒倚，莫愁艇子曾繫。空餘舊迹，鬱蒼蒼，霧沉半壘。夜深月過女牆來，傷心東望淮水。　酒旗戲鼓甚處市？想依稀王謝鄰里。燕子不知何世，入尋常巷陌人家，相對如說興亡，斜陽裏。

## 又

長安道，瀟灑西風時起，塵埃車馬晚游行。霸陵煙水，亂鴉棲鳥，夕陽中。參差霜樹相倚。到此際，愁如葦，冷落關河千里。追思漢唐昔繁華，斷碑殘記，未央宮闕已成灰，終南依舊濃翠。　對此景，無限愁思。遶天涯，秋蟾如水，轉使客情如醉。想當時，萬古雄名，盡作往來人，淒涼事。

## 瑞鶴仙

悄郊原帶郭。行路永，客去車塵漠漠，斜陽映山落。斂餘紅，猶戀孤城欄角。凌波步弱。過短亭，何用素約？有流鶯喚我，重解繡鞍，緩引春酌。　不記歸時早暮，上馬誰扶，醉眠朱閣，驚飇動幕。扶殘醉，遶紅藥，嘆西園，已是花深無地，東風何事又惡？任流光過卻，猶喜洞天自樂。

## 黃鸝繞碧樹

雙闕籠佳氣，寒威日晚，歲華將暮。小院閒庭，對寒梅照雪，淡煙凝素，忍當迅景，動無限傷，春情緒。猶賴是，上苑風光漸好，芳容將煦。　草莢蘭芽漸吐，且尋芳，更休思慮。這浮世，甚馳驅利祿，奔競塵土。縱有魏珠照乘，未買得，流年住。爭如盛飲流霞，醉偎瓊樹？

## 留客住

嗟烏兎，正茫茫，相催無定。只恁東生西沒。半均寒暑，昨見花紅柳綠。處處林茂。又睹霜前籬畔，菊散餘香，看看又還秋暮。忍思慮，念古往賢愚，終歸何處。爭似高堂。日夜笙歌齊擧，選甚連宵徹晝。再三留住，待擬沉醉扶上馬。怎生向，主人未肯交去。

## (五)詠物類

### 花犯 詠梅

粉牆低，梅花照眼，依然舊風味。露痕輕綴，疑淨洗鉛華，無限佳麗。去年勝賞曾孤倚，冰盤同燕喜。更可惜雪中高樹，香篝熏素被。今年對花最匆匆，相逢似有恨，依依愁悴。吟望久，青苔上，旋看飛墜。相將見，脆丸薦酒，人正在、空江煙浪裏。但夢想、一枝瀟灑，黃昏斜照水。

品令 梅花

夜闌人靜，月痕寄梅梢疎影。簾外曲角欄干近，舊携手處，花霧寒成陣。應是不禁愁與恨，縱相逢難問，黛眉曾把春衫印。後期無定，腸斷香銷盡。

醜奴兒 詠梅

肌膚綽約眞仙子，來伴冰霜，洗盡鉛黃，素面初無一點粧。　尋花不用持銀燭，暗裡聞香，零落池塘，分付餘妍與壽陽。

三部樂 梅雪

浮玉霏瓊，向邃館靜軒，倍增淸絕。夜窗垂練，何用交光明月。近聞道，宮閣多梅，趁暗香未遠，凍蕊初發，倩誰折取，持贈情人桃葉。　回紋近傳錦字，道爲君瘦損。是人都說，祇知染紅著手，膠梳黏髮。轉思量，趁長墮睫。都只爲情深意切，欲報信息，無一句堪愈愁結。

## 側犯（詠蓮）

暮霞霽雨，小蓮出水紅粧靚。風定，看步韈江妃照明鏡。飛螢度暗草，秉燭游花逕。人靜，携豔質，追涼就槐影。金環皓腕，雪藕清泉瑩。誰思省，滿身香，猶是舊荀令。見說胡姬，酒壚寂靜。煙鎖漠漠，藻池苔井。

## 水龍吟 梨花

素肌應怯餘寒，豔陽占立青蕪地。樊川照日，靈關遮路，殘紅斂避。傳火樓臺，妬花風雨，長門深閉，亞簾櫳半濕。一枝在手，偏勾引黃昏淚。別有風前月底，布繁陰，滿園歌吹。朱鉛退盡，潘妃卻酒，昭君乍起。雪浪翻空，粉裳縞夜，不成春意。恨玉容不見，瓊英謾好，與何人比？

## 南柯子 詠梳兒

桂魄分餘暈，檀槽破紫心，曉粧初試鬢雲侵。每被蘭膏香染，色深沉。　指印纖纖粉，釵橫隱隱金，有時雲雨鳳幃深，長是枕前不見，殢人尋。

## 月下笛（詠笛）

小雨收塵，涼蟾瑩徹，水光浮壁。誰知怨抑，靜倚官橋吹笛。映宮牆，風葉亂飛。品高調側人未識。想開元舊譜，柯亭遺韵，盡傳胸臆。　闌干四遶，聽折柳徘徊，數聲終拍。寒燈陋館，最感平陽孤客。夜沉沉，雁啼正哀，片雲盡卷清漏滴，黯凝魂，但覺龍吟萬壑天籟息。

## 滿路花詠雪

金花落燼燈，銀礫鳴窗雪。夜深微漏斷，行人絕。風扉不定，竹圃琅玕折。玉人新間闊，著甚情悰，更當恁地時節。　無言欹枕，帳底流淸血。愁如春後絮，來相接。知他那裡，爭信人心切。除共天公說不成，也還似伊，無箇分別。

紅林檎近 詠雪

高柳春纔軟，凍梅寒更香。暮雪助清峭，玉塵散林塘。那堪飄風遞冷，故遣度幙穿窗，似欲料理新妝，呵手弄絲簧。冷落詞賦客，蕭索水雲鄉。援毫授簡，風流猶憶東梁。望虛簷徐轉，廻廊未掃，夜長莫惜空酒觴。

又 雪晴

風雪驚初霽，水鄉增暮寒。樹杪墮毛羽，簷牙挂琅玕，才喜門堆巷積，可惜迤邐銷殘。漸看低竹翩翻，清池漲微瀾。步屧晴正好，宴席晚方歡。梅花耐冷，亭亭來入冰盤。對前山橫素，愁雲變色，放盃同覓高處看。

## (六)鄉情類

訴衷情

堤前亭午未融霜，風緊雁無行。重尋舊日岐路，茸帽北遊裝。期信杳，別離長，遠情傷，風翻酒幔，寒凝茶煙，又是何鄉？

鎖陽臺 懷錢塘

山崦籠春，江城吹雨，暮天淡雲昏，酒旗漁市，冷落杏花村。蘇小當年秀骨，縈蔓草，空想羅裙。潮聲起，高樓噴笛，五兩了無聞。淒涼懷故國，朝鐘暮鼓，十載紅塵，但夢魂迢遞，長到吳門，聞道花開陌上。歌舊曲，愁殺王孫。何時見，名娃喚酒，同倒甕頭春。

夜游宮

客去車塵未斂，古簾暗雨苔千點，月皎風淸在處見，奈今宵，照初弦，吹一箭。池曲河聲轉，念歸計，眼迷魂亂，明日前村更荒遠。且開罇，任紅鱗，生酒面。

## 點絳脣

遼鶴歸來，故鄉多少傷心地，寸書不寄，魚浪空千里！　憑仗桃根，說與相思意。愁無際，舊時衣袂，猶有東風淚。

## 浣溪沙

樓上晴天碧四垂，樓前荒草接天涯，勸君莫上最高梯。　新筍已成堂下竹，落花都上燕巢泥，忍聽林表杜鵑啼。

## 蕎山溪

湖平春水，菱荇縈船尾。空翠撲衣襟，拊輕榱，游魚驚避。晚來潮上，迤邐沒沙痕；山四倚，雲漸起，鳥度屏風裏。　周郎逸興，黃帽侵雲水，落日媚滄洲，泛一櫂夷猶未已。玉簫金管，不共美人遊；因箇甚，煙霧底，偏愛蓴羹美。

蘇幕遮

燎沉香，消溽暑。鳥雀呼晴，侵曉窺簷語。葉上初陽乾宿雨；水面清圓，一一風荷舉。　故鄉遙，何日去？家住吳門，久作長安旅。五月漁郎相憶否？小楫輕舟，夢入芙蓉浦。

一落索

杜宇思歸聲苦，和春催去，倚闌一霎酒旗風，任撲面桃花雨。　目斷隴雲江樹，難逢尺素。落霞隱隱日平西，料想是分攜處。

# 參考書目

王國維　海寧王靜安先生遺書（十）

王國維　人間詞話

陳元龍注　片玉集（彊邨叢書）

張　曦　片玉詞校箋

楊向時　詞學纂要

葉慶炳　中國文學史

汪　中　新譯宋詞三百首

梁容若　中國文學史研究

中華書局　中國文學發達史

張振鏞 中國文學史分論（第三冊）
鄭賓宇 中國文學變遷史（下冊）
孟瑤 中國文學史
蕭繼宗 實用詞譜
鄭騫 詞選
薛礪若 宋詞通論
鄺利安 宋四家詞選箋注
劉載福 中國十大詞家
唐士璋 宋詞三百首淺注
萬樹 詞律
王熙元 歷代詞話敍錄
沈義父 樂府指迷
張炎 詞源
周濟 介子齋論詞雜著

陳亦峯 白雨齋詞話

胡仔 苕溪漁隱詞話

周密 浩然齋雅談

沈謙 填詞雜記

陸輔之 詞旨

劉體仁 詞繹

鄒祇謨 詞衷

王士禎 花草拾蒙

賀裳 詞筌

沈雄 古今詞話

馮煦 蒿庵詞話

劉熙載 詞概

譚獻 復堂詞話

沈祥龍 論詞隨筆

陳銳 褭碧齋詞話

張祥齡 詞論

徐珂 近詞叢話

蔣兆蘭 詞說

陳述叔 海綃說詞

田同之 西圃詞說

吳梅 詞學通論

佘雪曼 詞學演講錄

陳匪石 詞舉

夏承燾 作詞法

朱維之 中國文藝史略

胡適之 選注詞選

張敬之 唐宋詩詞研究

楊易霖 周詞訂律

方千里　和清眞詞
楊澤民　和清眞詞
陳允平　西麓繼周集（見彊邨叢書）
余毅恒　詞筌
沈英名　詞學論要
蔡德安　詞學新論
樓攻媿　清眞先生文集序
強　煥　清眞詞序
陳振孫　質齋書錄解題
王叔晦　唐宋名家詞選精注集引
周稚圭　論清眞
江賓谷　論清眞
朱師轍　和清眞詞
顧一樵　和清眞詞及其他

# 滄海叢刊已刊行書目（六）

| 書名 | 作者 | 類別 |
|---|---|---|
| 都市計劃概論 | 王紀鯤 | 建築 |
| 建築設計方法 | 陳政雄 | 建築 |
| 建築基本畫 | 陳榮美<br>楊麗黛 | 建築 |
| 中國的建築藝術 | 張紹載 | 建築 |
| 現代工藝概論 | 張長傑 | 雕刻 |
| 藤竹工 | 張長傑 | 雕刻 |
| 戲劇藝術之發展及其原理 | 趙如琳 | 戲劇 |
| 戲劇編寫法 | 方寸 | 戲劇 |

# 滄海叢刊已刊行書目(五)

| 書名 | 作者 | 類別 |
|---|---|---|
| 文學新論 | 李辰冬 | 中國文學 |
| 分析文學 | 陳啓佑 | 中國文學 |
| 離騷九歌九章淺釋 | 繆天華 | 中國文學 |
| 苕華詞與人間詞話述評 | 王宗樂 | 中國文學 |
| 杜甫作品繫年 | 李辰冬 | 中國文學 |
| 元曲六大家 | 應裕康<br>王忠林 | 中國文學 |
| 詩經研讀指導 | 裴普賢 | 中國文學 |
| 莊子及其文學 | 黃錦鋐 | 中國文學 |
| 歐陽修詩本義研究 | 裴普賢 | 中國文學 |
| 清真詞研究 | 王支洪 | 中國文學 |
| 宋儒風範 | 董金裕 | 中國文學 |
| 紅樓夢的文學價值 | 羅盤 | 中國文學 |
| 中國文學鑑賞舉隅 | 黃慶萱<br>許家鸞 | 中國文學 |
| 浮士德研究 | 李辰冬譯 | 西洋文學 |
| 蘇忍尼辛選集 | 劉安雲譯 | 西洋文學 |
| 印度文學歷代名著選(上)(下) | 糜文開 | 西洋文學 |
| 文學欣賞的靈魂 | 劉述先 | 西洋文學 |
| 西洋兒童文學史 | 葉詠琍 | 西洋文學 |
| 現代藝術哲學 | 孫旗譯 | 藝術 |
| 音樂人生 | 黃友棣 | 音樂 |
| 音樂與我 | 趙琴 | 音樂 |
| 音樂伴我遊 | 趙琴 | 音樂 |
| 爐邊閒話 | 李抱忱 | 音樂 |
| 琴臺碎語 | 黃友棣 | 音樂 |
| 音樂隨筆 | 趙琴 | 音樂 |
| 樂林蓽露 | 黃友棣 | 音樂 |
| 樂谷鳴泉 | 黃友棣 | 音樂 |
| 樂韻飄香 | 黃友棣 | 音樂 |
| 水彩技巧與創作 | 劉其偉 | 美術 |
| 繪畫隨筆 | 陳景容 | 美術 |
| 素描的技法 | 陳景容 | 美術 |
| 人體工學與安全 | 劉其偉 | 美術 |
| 立體造形基本設計 | 張長傑 | 美術 |
| 工藝材料 | 李鈞棫 | 美術 |

# 滄海叢刊已刊行書目㈣

| 書名 | 作者 | 類別 |
|---|---|---|
| 放鷹 | 吳錦發 | 文學 |
| 黃巢殺人八百萬 | 宋澤萊 | 文學 |
| 燈下燈 | 蕭蕭 | 文學 |
| 陽關千唱 | 陳煌 | 文學 |
| 種籽 | 向陽 | 文學 |
| 泥土的香味 | 彭瑞金 | 文學 |
| 無緣廟 | 陳艷秋 | 文學 |
| 鄉事 | 林清玄 | 文學 |
| 余忠雄的春天 | 鍾鐵民 | 文學 |
| 卡薩爾斯之琴 | 葉石濤 | 文學 |
| 青囊夜燈 | 許振江 | 文學 |
| 我永遠年輕 | 唐文標 | 文學 |
| 思想起 | 陌上塵 | 文學 |
| 心酸記 | 李喬 | 文學 |
| 離訣 | 林蒼鬱 | 文學 |
| 孤獨園 | 林蒼鬱 | 文學 |
| 托塔少年 | 林文欽編 | 文學 |
| 北美情逅 | 卜貴美 | 文學 |
| 女兵自傳 | 謝冰瑩 | 文學 |
| 抗戰日記 | 謝冰瑩 | 文學 |
| 給青年朋友的信(上)(下) | 謝冰瑩 | 文學 |
| 孤寂中的廻響 | 洛夫 | 文學 |
| 火天使 | 趙衛民 | 文學 |
| 無塵的鏡子 | 張默 | 文學 |
| 大漢心聲 | 張起鈞 | 文學 |
| 回首叫雲飛起 | 羊令野 | 文學 |
| 文學邊緣 | 周玉山 | 文學 |
| 累盧聲氣集 | 姜超嶽 | 文學 |
| 實用文纂 | 姜超嶽 | 文學 |
| 林下生涯 | 姜超嶽 | 文學 |
| 材與不材之間 | 王邦雄 | 文學 |
| 人生小語 | 何秀煌 | 文學 |
| 比較詩學 | 葉維廉 | 比較文學 |
| 結構主義與中國文學 | 周英雄 | 比較文學 |
| 韓非子析論 | 謝雲飛 | 中國文學 |
| 陶淵明評論 | 李辰冬 | 中國文學 |

# 滄海叢刊已刊行書目㈢

| 書名 | 作者 | 類別 |
|---|---|---|
| 弘一大師傳 | 陳慧劍 | 傳記 |
| 孤兒心影錄 | 張國柱 | 傳記 |
| 精忠岳飛傳 | 李安 | 傳記 |
| 師友雜憶合刊<br>八十憶雙親 | 錢穆 | 傳記 |
| 中國歷史精神 | 錢穆 | 史學 |
| 國史新論 | 錢穆 | 史學 |
| 與西方史家論中國史學 | 杜維運 | 史學 |
| 中國文字學 | 潘重規 | 語言 |
| 中國聲韻學 | 潘重規<br>陳紹棠 | 語言 |
| 文學與音律 | 謝雲飛 | 語言 |
| 還鄉夢的幻滅 | 賴景瑚 | 文學 |
| 葫蘆・再見 | 鄭明娳 | 文學 |
| 大地之歌 | 大地詩社 | 文學 |
| 青春 | 葉蟬貞 | 文學 |
| 比較文學的墾拓在臺灣 | 古添洪<br>陳慧樺 | 文學 |
| 從比較神話到文學 | 古添洪<br>陳慧樺 | 文學 |
| 牧場的情思 | 張媛媛 | 文學 |
| 萍踪憶語 | 賴景瑚 | 文學 |
| 讀書與生活 | 琦君 | 文學 |
| 中西文學關係研究 | 王潤華 | 文學 |
| 文開隨筆 | 糜文開 | 文學 |
| 知識之劍 | 陳鼎環 | 文學 |
| 野草詞 | 韋瀚章 | 文學 |
| 現代散文欣賞 | 鄭明娳 | 文學 |
| 現代文學評論 | 亞菁 | 文學 |
| 藍天白雲集 | 梁容若 | 文學 |
| 寫作是藝術 | 張秀亞 | 文學 |
| 孟武自選文集 | 薩孟武 | 文學 |
| 歷史圈外 | 朱桂 | 文學 |
| 小說創作論 | 羅盤 | 文學 |
| 往日旋律 | 幼柏 | 文學 |
| 現實的探索 | 陳銘磻編 | 文學 |
| 金排附 | 鍾延豪 | 文學 |

# 滄海叢刊已刊行書目(二)

| 書名 | 作者 | 類別 |
|---|---|---|
| 近代哲學趣談 | 鄔昆如 | 西洋哲學 |
| 現代哲學趣談 | 鄔昆如 | 西洋哲學 |
| 佛學研究 | 周中一 | 佛學 |
| 佛學論著 | 周中一 | 佛學 |
| 禪話 | 周中一 | 佛學 |
| 天人之際 | 李杏邨 | 佛學 |
| 公案禪語 | 吳怡 | 佛學 |
| 佛教思想新論 | 楊惠南 | 佛學 |
| 不疑不懼 | 王洪鈞 | 教育 |
| 文化與教育 | 錢穆 | 教育 |
| 教育叢談 | 上官業佑 | 教育 |
| 印度文化十八篇 | 糜文開 | 社會 |
| 清代科舉 | 劉兆璸 | 社會 |
| 世界局勢與中國文化 | 錢穆 | 社會 |
| 國家論 | 薩孟武譯 | 社會 |
| 紅樓夢與中國舊家庭 | 薩孟武 | 社會 |
| 社會學與中國研究 | 蔡文輝 | 社會 |
| 我國社會的變遷與發展 | 朱岑樓主編 | 社會 |
| 開放的多元社會 | 楊國樞 | 社會 |
| 財經文存 | 王作榮 | 經濟 |
| 財經時論 | 楊道淮 | 經濟 |
| 中國歷代政治得失 | 錢穆 | 政治 |
| 周禮的政治思想 | 周世輔<br>周文湘 | 政治 |
| 儒家政論衍義 | 薩孟武 | 政治 |
| 先秦政治思想史 | 梁啓超原著<br>賈馥茗標點 | 政治 |
| 憲法論集 | 林紀東 | 法律 |
| 憲法論叢 | 鄭彥棻 | 法律 |
| 師友風義 | 鄭彥棻 | 歷史 |
| 黃帝 | 錢穆 | 歷史 |
| 歷史與人物 | 吳相湘 | 歷史 |
| 歷史與文化論叢 | 錢穆 | 歷史 |
| 中國人的故事 | 夏雨人 | 歷史 |
| 老台灣 | 陳冠學 | 歷史 |
| 古史地理論叢 | 錢穆 | 歷史 |
| 我這半生 | 毛振翔 | 歷史 |

# 滄海叢刊已刊行書目㈠

| 書名 | 作者 | 類別 |
|---|---|---|
| 中國學術思想史論叢㈠㈡㈢㈣㈤㈥㈦㈧ | 錢穆 | 國學 |
| 國父道德言論類輯 | 陳立夫 | 國父遺教 |
| 兩漢經學今古文平議 | 錢穆 | 國學 |
| 先秦諸子論叢 | 唐端正 | 國學 |
| 先秦諸子論叢（續篇） | 唐端正 | 國學 |
| 儒學傳統與文化創新 | 黃俊傑 | 國學 |
| 湖上閒思錄 | 錢穆 | 哲學 |
| 人生十論 | 錢穆 | 哲學 |
| 中西兩百位哲學家 | 黎建球<br>鄔昆如 | 哲學 |
| 比較哲學與文化㈠㈡ | 吳森 | 哲學 |
| 文化哲學講錄㈠㈡ | 鄔昆如 | 哲學 |
| 哲學淺論 | 張康譯 | 哲學 |
| 哲學十大問題 | 鄔昆如 | 哲學 |
| 哲學智慧的尋求 | 何秀煌 | 哲學 |
| 哲學的智慧與歷史的聰明 | 何秀煌 | 哲學 |
| 內心悅樂之源泉 | 吳經熊 | 哲學 |
| 愛的哲學 | 蘇昌美 | 哲學 |
| 是與非 | 張身華譯 | 哲學 |
| 語言哲學 | 劉福增 | 哲學 |
| 邏輯與設基法 | 劉福增 | 哲學 |
| 中國管理哲學 | 曾仕强 | 哲學 |
| 老子的哲學 | 王邦雄 | 中國哲學 |
| 孔學漫談 | 余家菊 | 中國哲學 |
| 中庸誠的哲學 | 吳怡 | 中國哲學 |
| 哲學演講錄 | 吳怡 | 中國哲學 |
| 墨家的哲學方法 | 鐘友聯 | 中國哲學 |
| 韓非子的哲學 | 王邦雄 | 中國哲學 |
| 墨家哲學 | 蔡仁厚 | 中國哲學 |
| 中國哲學的生命和方法 | 吳怡 | 中國哲學 |
| 希臘哲學趣談 | 鄔昆如 | 西洋哲學 |
| 中世哲學趣談 | 鄔昆如 | 西洋哲學 |